Contents

王太子に婚約破棄されたので、もうバカのふりはやめようと思います3

◆プロローグ

――それは、なんの前触れもなく訪れた嵐のようだった。

オリヴィアがサイラスとともにジュール国王の執務室へ呼び出されたのは、フィラルーシュ国王の誕生祝いを終えてブリオール国に戻ってきた一週間後のことだった。

葉の色が移り変わり秋が巡り、もうじき木枯らしが冬の訪れを知らせるであろうという季節。ブリオール国はすっかり社交シーズンに突入し、王都では毎夜どこかの邸で華やかなパーティーが催されている。

今年の社交界の話題はもっぱら、一か月半後に迫っている第二王子サイラスとオリヴィア・アトワール公爵令嬢の婚約式だった。

春に、第一王子で現在も王太子の地位にいるアランから婚約を破棄されたオリヴィアが、そのあとすぐに求婚されてサイラスと恋人関係になったことは、ブリオール国では広く知れ渡っている。

アランの命令で幼い頃からずっと愚者のふりを続けてきたオリヴィアは、バカな公爵令嬢というありがたくもない二つ名とともに有名だ。

オリヴィアの代わりにアランが婚約したティアナ・レモーネの父、バンジャマン・レモーネが罪に問われたせいで、アランが近く王太子の位を返上するのではないかと噂されていて、次期王太子はサイラスかとささやかれている。

そうなれば「バカな公爵令嬢」は再び未来の王妃という地位を得るのかと、事情を深く知らない者たちの中には、いったい何がどうなっているのだと首を傾げる人も多いとか。

不足する情報は人々の想像力を駆り立てるもので、退屈な貴族社会においてはそういった想像は娯楽の一種でもある。

皆が皆、自分の想像をさも真実のように面白おかしく吹聴するから、ありもしない事実をたくさん作られたオリヴィアは、ゆえに、本人がそこにいようといまいと否応なく話題の中心というわけだ。

さて、そんなオリヴィアは現在、十七年の人生のうちで一位二位を争うほどに動揺していた。

大きなエメラルド色の瞳は不安に揺れて、しかし表情は抜け落ち、瞬きすら忘れて、ただ立ち尽くす。

オリヴィアの隣に立っているサイラスも瞠目しているが、彼のほうはすぐに我に返ると、サファイア色の瞳を怒りに染めて、ジュールの執務机に両手を叩きつけた。

「どういうことですか!?」

「言った通りだ。オリヴィアとサイラスとの婚約を、白紙に戻す」

執務机の上に両肘をついて指を組んだジュールが、淡々と先ほど聞いたのと同じ言葉をくり返す。

ジュールの隣にはオリヴィアの父イザック・アトワールが立っていて、渋面を作って黙り込んでいた。

(どうしよう……何も考えられない)

サイラスがジュールに向かって怒鳴っている声が聞こえるが、彼が何を言っているのか、ジュールがなんと返しているのかも聞き取れないほどに、オリヴィアの思考回路は凍りついていた。

指先の感覚がなくなって、足元からゆっくりと氷漬けにされていくように体が冷えていく。

なぜ、という疑問が頭の中に浮かぶけれど、怖くて、それを口にすることすらできなかった。

だって、訊ねてしまったら、答えが返ってくるから。

答えを聞いてしまったら、それですべてが終わるような気がするから。

怖くて怖くて、できることなら耳を塞いでうずくまってしまいたかった。

サイラスの声が徐々に大きくなって、オリヴィアの鼓膜をびりびりと揺らす。

(わたし……何か、してしまったのかしら?)

知らないところで、何か。

取り返しのつかない過ちのようなものを。

だからサイラスの隣に立つ資格を失うのだろうか。

彼とともに歩む未来を失うのだろうか。

彼のぬくもりを――永遠に失ってしまうのだろうか。

（寒い……）

秋と冬が交差する季節。

部屋を暖めるために暖炉に火が焚かれていて、とても暖かいはずなのに、信じられないくらいに寒い。

（何か言わなくちゃ……何か……）

でも、何を？

とてもではないが「はい」と頷くことはできない。

だったら何を言えばいい。何を言えば状況が好転する？　どうすれば――オリヴィアはサイラスを失わなくてすむのか。

凍りついた思考では答えを導き出すことはできず、焦燥と恐怖がオリヴィアをただただ追い詰める。

追い詰められたオリヴィアの瞳から、自覚もなく、ぽろりと涙が零れ落ちた瞬間、芯まで冷えた体が温かい腕に抱きしめられた。

「オリヴィア、泣かないで。大丈夫、僕がなんとかするから」

ぎゅっと力いっぱい抱きしめられて、慣れた熱がオリヴィアを優しく包み込む。

冷えた体がじんわりと温められていくのを感じて、オリヴィアはゆっくりと目を閉じ、大きく息を吸い込んだ。

シトラスと、ほんの少しの薔薇の香りが混ざったような、サイラスの匂い。

凍った思考が溶かされて、彼の腕の強さと香りに、少し冷静さを取り戻した。

（落ち着いて……まずは現状の整理から）

この状況を覆したくとも、反論できる材料がなければはじまらない。

オリヴィアは何度か瞬いて涙を落とすと、顔を上げた。

「陛下……わたくしも、理由をお伺いしたく存じます」

オリヴィアが訊ねると、ジュールは少しばかり不貞腐れた顔をした。

「それを説明するのは私ではない」

まるでジュール自身も、自分の先ほどの発言に納得していないかのような表情と声色に、オリヴィアは疑問を持つ。

どういうことなのかと再び訊ねようとしたそのとき、オリヴィアの背後で執務室の扉が開いた。

「揃っているようね」

年を重ねた、けれどもピンと張った弦をはじくがごとく空気が張り詰めるような声。

サイラスに抱きしめられたまま背後を振り返ったオリヴィアは、ゆっくりとこちらに歩んでくる人物に息を呑んだ。

白に近い淡い茶色の髪に、薄茶色の瞳の、姿勢のいい七十前後ほどの女性。

「おばあ様？」

サイラスもびっくりした声を上げる。

そこにいたのは、ジュールの母――王太后グロリアだった。

グロリアは夫である先王を亡くしたあと、ジュールが王になってからもしばらく城で生活をしていたが、十二年ほど前に実家であるエバンス公爵領に移り住んだのちはほとんど王都に姿を現さなかった。

ゆえにオリヴィアも、グロリアとはほとんど面識がない。

グロリアが部屋に入ってくると、ジュールがさらに機嫌の悪そうな顔になった。

グロリアはそんなジュールを一瞥し、オリヴィアとサイラスの前で足を止める。

オリヴィアはハッとして、サイラスの腕の中から抜け出すと、グロリアに向かってカーテシーで挨拶をしようとした。けれどその前に、グロリアが手をかざしてそれを止める。

「挨拶は結構。長居をするつもりはございません」

ぴしゃりと撥ねつけるように言って、グロリアはサイラスに顔を向ける。

「サイラス。そこのオリヴィア・アトワール公爵令嬢との婚約の話を白紙に戻させたのはわたくしです。あなたにはわたくしの甥の娘、レネーンと婚約していただきます」

「な――！」

サイラスが反論しかけたが、「よせ」と背後からジュールの制止があり口をつぐむ。

レネーン――レネーン・エバンス公爵令嬢の名前が出て、オリヴィアは大きく目を見開いた。

エバンス公爵ラドルフはグロリアの甥で、その娘レネーンは昔、サイラスの婚約者候補として名前が挙がったことがある。

しかしそれは昔の話で、立ち消えになったはずなのに、今更なぜレネーンの名前が出てくるのだろうか。

「王太后様、理由をお聞かせいただけないでしょうか？　わたくしに何か落ち度がございましたか？」

グロリアはオリヴィアを見、それから薄く笑った。

「落ち度ならあなた自身が一番よくわかっているのでは？　王太子アランとの婚約破棄、長年にわたる『愚者』という評価。それでよく、サイラスと婚約しようなどと思いましたね」

（――っ）

確かに言われる通りで、オリヴィアが反論できずにいると、サイラスがオリヴィアの肩を抱き寄せて代わりに言い返す。

「婚約破棄は兄上が勝手に言い出したことです。オリヴィアの落ち度ではありません。愚者という評価だって、兄上の命令で演じていただけで、本当は――」

「だからなんですか。原因や理由、真実など、なんの意味も持ちませんよ。そんなものをいくら並べ立てたところで、彼女が婚約破棄をされて愚者と呼ばれていた令嬢である事実は消えません」

「だからと言って――！」

「サイラス。やめなさい」

「父上!!」

「やめなさい」

「く……っ」

ジュールに止められてサイラスが悔しそうに唇を噛む。

グロリアの言う通り、そこにどんな理由があっても、事実はなんら変わらない。それに、きっかけが幼い日のアランの一言だったとはいえ、その命令に従い続けたのはほかならぬオリヴィアの意思だ。自分のせいではないという言い訳は通用しない。実際、オリヴィアも自分の落度でもあると認識しているのだから。

だが、ここで引き下がれば、サイラスを奪われる。彼を奪われるのは絶対に嫌だ。

（何か……何か、言い返さないと……）

グロリアの決定をひっくり返せる何か――だめだ、いくら考えても思いつかない。

何を言おうと、どんなことをしようと、過去の上書きはできない。そこにある過ちも、それにより生まれた現在も、決して別の何かに塗り替えることはできないのだ。オリヴィアに変えられるのは未来だけ。その未来も、この場で芽を摘まれてしまったら、どうすることもできない。

(これから挽回しますという言葉は……きっとこの場では意味をなさない)

そんな薄っぺらい言葉では、グロリアは納得しないだろう。

このままだと、サイラスと別れなくてはいけなくなる。

焦りは思考を鈍らせて、まるで沼の底に引きずり込まれるがごとく、身動きが取れなくなっていく。

「話は以上です。サイラスはレネーンとの婚約の準備を。それからオリヴィア。わたくしも鬼ではありません。アランが王太子の座から退くのであれば、あなたは再びアランと婚約すればいいでしょう。悪評の立つ王妃は認められませんが、王子妃くらいなら許容します。いいですね」

部屋の中に落ちた重たい空気。誰も言葉を発することができず押し黙る中、ぎい、と執務室の扉が押し開けられる音がした。

「勝手に進めないでくださいませ、お義母様。わたくしは認めておりませんわよ」

穏やかで、けれども思わず息を呑むほどの迫力を持った声。

広げた扇で口元を隠し、目元に凄みのある笑みを浮かべた王妃バーバラが、カツンと高くヒールを鳴らしながら歩いてくる。

「サイラスとオリヴィアの婚約は陛下が認めたものです。どんな権利があって、隠居した方が陛下の決定に異を唱えるのでしょうか。越権行為ですわよ、お義母様」

グロリアはバーバラをまっすぐ見据え、薄く笑った。

「人聞きの悪いことを。わたくしは一番穏便にすむ方法を取っただけですよ。それとも王妃であるあなたは、国が荒れることを望むのですか？　エバンス公爵はこちら側ですよ」

それは脅しにしか聞こえなかった。グロリアの決定を退けるつもりなら、自分の甥であるラドルフ・エバンス公爵を使って徹底的に潰しにくると言っているに等しい。

エバンス公爵家は、アトワール家よりも歴史の古い公爵家だ。歴史を紐解けば、何人もの王妃を輩出し、また何人もの王女を娶っているエバンス公爵家は、王家とのつながりも深い。エバンス公爵自身も王位継承権を持っていて、現在十一位だったはずだ。そんなエバンス公爵家が本気でサイラスとオリヴィアの婚約を潰しにくればひと悶着どころの話ではない。

しかしバーバラは艶然と微笑んだ。

「あら、国を荒らそうとしている張本人が、何をおっしゃいますやら」

「どういう意味でしょう？」

「我が国では、王妃には国王と同等の権力が与えられています。もちろんご存じですね」

すっとグロリアが目を細める。

バーバラの笑みは崩れない。

「そちらがその気なら、わたくしも徹底抗戦を辞さないということですわ。お義母様は可愛い甥やその家族が路頭に迷うのをお望みですか？」

グロリアとバーバラの間でバチバチと火花が散る。

そんな二人に待ったをかけたのは、それまで気まずそうに黙っていたジュールだった。

「二人とも落ち着きなさい」

徹底的にグロリアをやり込める気満々だったバーバラが、忌々し気にジュールを睨む。

「二人揃って、冗談でも言っていいことと悪いことがあるぞ」

ジュールは、はーっと息を吐き出して、続けて言った。

「ここで言い争ったところで平行線だろう。だったらこうしよう。オリヴィアとサイラスの婚約については一度置いておく。どちらにせよ、再来月にサイラスの婚約式をすることは他国にも連絡ずみだ。今更なかったことにはできない。だからそれまでに、オリヴィアとこのまま婚約させるか、レネーンと婚約させるか、判断することにする」

再来月――あと一か月半。

その一か月半で、何を基準に判断しようというのだろう。

バーバラとグロリアが揃ってジュールの真意を測るような顔をした。サイラスも怪訝そうな顔をしている。

　彼に肩を引き寄せられたまま、オリヴィアは不安に押し潰されそうになりながら続くジュールの言葉を待つ。

　ジュールは全員の顔を順番に見渡して、言った。

「一か月半後までに、オリヴィア自身が、『婚約破棄された愚者』という悪評を消してなお余りある評価を得る――サイラスと婚約するだけの能力があると……王妃の器であることを自分の力で世間に知らしめること。それを、オリヴィアとサイラスの婚約を取り消さない条件とする」

◆一　それぞれの思惑

「ブリオール国で、王子の婚約式があるって？」

カルツォル国王都にある後宮で、外廊下の緋色(ひいろ)の欄干(らんかん)に浅く腰を掛けた第五王子アベラルドは、猛禽類(もうきんるい)を連想させる鋭い瞳をすぅっと細めた。

カルツォル国には王のための大きな後宮があり、上位の王子たちはそれとは別に自身の後宮を持って生活することが許されている。

広大な城の敷地内の一角にあるこの後宮はアベラルドのための後宮で、妃を住まわせる大きな部屋が五部屋と、女官や愛妾(あいしょう)のための小さめの部屋がいくつも連なるように造られていた。

部屋と部屋をつなぐ長い廊下を、息子と娘が甲高い声を上げながら楽しそうに走り回っているのが見える。

アベラルドの後宮には妃が一人しかいない。正妃以外に興味のないアベラルドは、いくら周囲が勧めようとも、ほかに妃を娶(めと)らなかった。

ゆえにこの広い後宮は、二人の子供たちの格好の遊び場だ。後宮の端から端まで駆(か)け回る子供たちを追いかける従者がたまに哀れになるが、これも今の時期だけだから諦めてほしい。やんちゃだった長男も十二を過ぎた頃には落ち着いたのだから、下の二人もその頃には落ち着くはずだ。

従者から報告を聞いていたアベラルドは、下の二人の子が駆けていったのとは別の方向から、むっつりと不機嫌そうな顔をした長男が歩いてくるのに気がついた。今年十六になって少しは大人びてきたかと思ったのに、不貞腐れたような顔をしているのを見るとまだまだ子供だなと感じてしまう。

「どうした？」

従者との話を止めて声をかけると、長男はむっつりした顔のままアベラルドのそばまで歩いてきて言った。

「おじい様から……愛妾の一人を下げ渡してやると言われました」

「はあ？」

さすがのアベラルドも、あんぐりと口を開けた。

「十六ならそろそろ女が必要だろう、だそうです」

アベラルドは口を開けたまま、しばらく固まった。

父であるカルツォル国王は好色な男で、彼の後宮には妃、愛妾を含め百人以上の女がいる。それは七十近くなった今でも毎年増え続けており、下は十四歳から、上は父と近い年齢の女まで、よくもまあ集めたものだと我が父親ながらあきれるばかりだ。

妃や愛妾が多いから自然と子供も多く、はっきり言って、アベラルドも最近生まれた弟妹のことはよく知らない。興味もない。

そして、そんな妃や愛妾たちは、父が飽きれば臣下や息子たちに下げ渡されるが――まさか孫にも声をかけるとは思わなかった。

「断ったんだろうな？」

「当たり前です！」

「ならいい。しつこいようなら俺に言え」

息子はむっつりした顔のまま頷いて、後宮内にある自分の部屋へ歩いていった。

「あれはしばらく機嫌が悪そうだな。大方、ベレニーチェの耳に入ることを恐れているのだろうが」

息子には一つ年下のベレニーチェという名の恋人がいる。自分に似て恋人一筋の長男は、彼女を失うことをひどく恐れていて、今回の件が彼女に知られて喧嘩になることを危惧しているのだ。

（しかし父上にも困ったものだ……。そろそろ潮時だろうか）

色好みであっても、若い頃はあれでも名君だった。けれど年を重ねるにつれて政よりも女にうつつを抜かすほうが多くなり、最近は滅多に後宮から出てこなくなった。それでも国は回っているが、そろそろ玉座から退いてもらったほうがいい。

（……ちょうどいい機会だな）

ブリオール国で行われる王子の婚約式。

ブリオール国とカルツォル国は友好国ではないが、細々とした国交はあるので招待状は届いている。

確か、カルツォル国からは第二王子が出席することになっていたが――

（そろそろ、本気で奪いにいくか）

アベラルドはニィっと口端を上げると、欄干からひらりと庭へ飛び降りた。

☆

――一か月半以内に、オリヴィア自身が、『婚約破棄された愚者』という悪評を消してなお余りある評価を得る――サイラスと婚約するだけの能力があると……王妃の器であることを自分の力で世間に知らしめること。それを、オリヴィアとサイラスの婚約を取り消さない条件とする。

ジュールの決定を聞くと、グロリアは意外にもあっさりと引き下がった。

一か月半で世間の悪評をひっくり返す――ジュールの要求はオリヴィアにかなり分が悪いのは明らかで、グロリアはどんなに頑張ったところで到底不可能だと思ったのかもしれない。

（一か月半……短い）

たった一か月半で「バカな公爵令嬢」という世間の評価をひっくり返すには、相当な奇策が必要だ。正直、今の時点でそんな魔法のような作戦は思いつかない。

（でも、やらないとサイラス様の隣を奪われる）

だから、それがたとえ無謀であろうともやるしかない。

方法が手元にないのならば、作るしかない。何かを探すのだ。そしてそれは、誰の目から見ても評価されるものでなくてはならない。オリヴィアの手で何か特別なことを成し遂げたという絶対的な評価が必要だ。

オリヴィアが覚悟を決めてぎゅっと拳を握りしめていると、カツカツとジュールのそばまで歩いていったバーバラが、ぱちりと扇を畳むと、やおらそれを振り上げた。

「まったく余計なことを！　あの狐ババアのことです、どんな妨害をしてくるかわかったものではないではありませんか！　どうして断固とした態度で突っぱねることができないのです！」

パシーンと、バーバラの扇が容赦なくジュールの頭をひっぱたく。

オリヴィアはぎょっとしたが、サイラスは平然とした顔で両親を見ていた。……よくあることなのだろうか。

声を荒らげるバーバラに、ジュールが殴られた頭を両手で押さえた。

「そ、そうは言ってもだな……母上のことだ、自分が納得しなければどんな手段を使ってくるかわからないじゃないか。あとそれから、狐ババアはやめろ。あれでも私の母親だ」

「黙らっしゃい！　この狐目親子が!!」

バーバラはもう一発ジュールの頭を殴りつけると、オリヴィアの手をむんずと摑んだ。

「行きますよオリヴィア。作戦会議です。あのババアの好きにさせてなるものですか！」

「え？」

「ちょ、母上!?」

「サイラスは黙ってらっしゃい！　これは女の戦いです！」

ぴしゃりとサイラスを撥ねつけて、バーバラはオリヴィアの手を摑んだまま歩き出す。

オリヴィアは目をぱちくりさせて、ずるずるとバーバラに引きずられながら執務室をあとにした。

（作戦会議？　戦い？　どういうこと!?）

いつの間にこれが「戦い」になったのだろうか。

ジュールに提示された条件は、オリヴィアの悪評を覆すこと。誰かと戦うわけではない。ない、はずなのだが――バーバラの中で「打倒グロリア」みたいな図式ができ上がっている気がする。

（それは……王太后様をなんとかすることができるならそれが早いかもしれないけど……）

王太后や彼女が推そうとしているレネーン、そしてその実家であるエバンス公爵家。オリヴィアの評価を上げつつここを叩くことができれば、確かにかなりスムーズに話が進むだろう。

だがそう都合よく、彼らを叩く理由が見つかるだろうか。

あわあわしているうちにバーバラの部屋まで連れてこられて、ソファに座るように指示される。

バーバラが侍女たちにお茶とお菓子を運ばせ、あれよあれよという間に、ローテーブルの上にはたくさんのお菓子が並べられた。

「あなたたちは全員お下がりなさい」

準備が終われば侍女は全員部屋から追い出されて、バーバラとオリヴィアの二人だけになった。

目の前の紅茶に角砂糖を三つも落として、バーバラがはーっと大きく息を吐き出す。

「まったく忌々しい！　あの狐ババア、いったいいつまでわたくしたちを引っ掻き回せば気がすむのかしら！　ねえ、オリヴィア!?」

「は、はい……え？」

「え？　ではありません！　今回一番の迷惑をこうむっているのはあなたですよ！　あの性悪ババアときたら、わたくしが嫁いだときから……いえ、嫁ぐ前からネチネチネチネチと思い出しても腹が立つ！　ようやく田舎に引っ込んだと思ったらまた出てくるなんて、冬眠明けのカエルかしら？　ゲコゲコゲコゲコうるさいのよ！」

（うわ……すごく荒れてる……）

いつも優雅に微笑んでいるバーバラはどこへやら。憤懣やるかたないとばかりに、目の前のチョコレートを大量にひっ摑むと口の中に放り込んだ。

「あなたもお食べなさい。頭を使うときは糖分が必要です」

その理論には同意するが、限度というものがある。

ただ、せっかく用意してもらったのに手を付けないのも失礼なので、オリヴィアはスコーンに手を伸ばすと、クロテッドクリームを少量塗って口へ運ぶ。いつも思うが、バーバラが愛用しているクロテッドクリームは美味しい。城の料理人が作ったものではなく、バーバラ御用達の店で販売されているもののようだ。

（でも不思議……さっきまでどうしたらいいのかわからなかったのに、お菓子を食べると少し落ち着いてくるわ）

甘いものの力というよりは、一息つけたことが大きいのかもしれない。

紅茶の香りを大きく吸い込んで、息を吐く。指定された期間は短いけれど、だからと言って焦っていてはうまくいくものもうまくいかなくなる。

（まずは方向性。どこから攻めていくかを決めなくちゃ）

むやみやたらに動き回る時間はない。

オリヴィアは少し冷静になってきたが、バーバラの怒りは収まらないようで、次々とお菓子を口に入れながら言った。

「いいことオリヴィア。あのババアは昔からサイラスとレネーン・エバンスを縁付かせようと画策していたのよ。あんまりにもうるさいからわたくしも一時はサイラスにレネーンをあてがおうとしたことがあるわ。ただあの娘、性格がよくないのよ。何かにつけてあのババアの権力を笠に着て……正直、あなたとアランの婚約が破棄になったときは悔しかったけど、あの娘を遠ざける正当な理由ができたことは嬉しかったわ。なのにまた出てくるなんて……ああっ、お菓子が足りないわ！」

（え、これだけあるのに？）

この量のお菓子で足りないのかと驚愕するオリヴィアをよそに、バーバラはベルで侍女を呼びつけてお菓子の追加を持ってこさせた。

「ねえオリヴィア。あのババアが何を企んでいるか知ってる？　サイラスとレネーンを縁付かせて、サイラスを王位につけ、あなたをアランの婚約者に戻してサイラスたちの補佐をさせるつもりなのよ。だってレネーンは王妃の器じゃないもの。許せる？　こんなこと許せる？　バカにしていると思わない？　わたくしの息子と義娘をなんだと思っているのくそババア！」

「お、王妃様、落ち着いて……」

「落ち着いていられますか！　どうしてあなたは怒らないの!!」

「は、はい……、すみません……」

　自分よりも怒っている人を前にすると、逆に落ち着くものである。だが今はそんなことを説明している状況ではない。

（それに、王太后様に言われた言葉の意味は自分が一番わかっているから……）

　理不尽だとも、もちろん思う。一度婚約する許可が下りたのに、突然白紙に戻されるのは、ひどいと。だからもしこれが納得できない理由からならば、オリヴィアだってどこにぶつけていいのかわからない怒りでいっぱいだった。

　でもその理由に納得もしてしまったから、怒っても怒りをぶつける先がない。強いて言えば過去の自分だが、過去に怒ったところで仕方がない。時間がないのだから、前を向かなくては。反省はすべてが終わったあとですればいい。

「この件に関しては陛下はその辺に生えている雑草よりも役に立たないわ。あの人、昔から自分の母親に強く出られないのよ。ああ情けない！　とにかくこうなれば手加減は無用よ。徹底的にやり込めるの。二度と冬眠から目を覚ませないように、むしろ潰してしまえばいいわ」

　踏み潰して地中深くに埋めてしまえとバーバラが物騒なことを言った。

（狐の次はカエル……王妃様、本当に王太后様が嫌いなのね……）

　嫁姑の争いというやつだろうか。オリヴィアの母ブロンシュは祖母——イザックの母と仲がいいので、嫁と姑の間にあるギスギス感というのはよくわからないが、バーバラがここまで言うのだから相当だろう。

しかし、やり込めろと言われてもどうすればいいのか。

オリヴィアが黙り込むと、バーバラがスコーンに山のようにクロテッドクリームを塗りながら言った。

「その顔だと、方向性が決まっていないのかしら？」

「はい。悪評を覆すと言っても、どこから斬り込めばいいのか……まだ」

「でも、細かいことを考えなければ、最短距離で行けるルートはわかっているのよね？」

「それは……はい」

「ちなみにそれは？」

「……王太后様本人か、もしくはエバンス公爵家です」

もし王太后本人かエバンス公爵家に不正や疑惑があれば、そこを突くのが一番早い。敵対関係にある相手を潰しながら自分の評価を上げるのが、一番の近道だ。しかしそこにネタが何もなければ、斬り込む手段がない。

バーバラはスコーンを口に入れて大きく頷いた。

「わかっているのならいいわ」

「……でも、方法が……」

冤罪(えんざい)は絶対にダメだ。だが、何かしらのネタがあったところで、小さなものでは意味がない。

エバンス公爵家は国で一番力を持っている公爵家である。不用意に喧嘩を売ると、こちらが受ける被害が大きすぎる。

(第一……公爵は普通の方法では罪に問えない)

ブリオール国には公爵家が八家ある。

貴族の場合、何かしらの罪が発覚すると、議会の判断の下、最終的に王が罪に対する罰を決める。罪が大きければ家ごと潰され、小さければ罰金や増税などの罰が下されるのだ。

しかし、それが公爵となれば話は別である。

大きな領地を持ち、領内にも大勢の領民を抱える公爵家の力は計り知れない。その当主ともなればその進退が及ぼす影響は絶大で、簡単に罪に問える存在ではないのだ。

ゆえに、ブリオール国では公爵へ何かしらの嫌疑がかかった際、「貴族裁判」という特殊な裁判が開かれる。

その裁判は、八家ある公爵家のすべての代表が集まり、王や王子たちとともに嫌疑のかかった公爵の罪の有無を決定するものだ。

ブリオール国で最後に開かれた貴族裁判は二百五十年前。

そして——記録に残っている限り、貴族裁判で有罪判決が出た公爵は一人もいない。

その理由は、公爵を罪に問う場合、残り七家の代表者全員が有罪と認めなければならないからで、一人や二人は必ず造反者が出るからだ。

エバンス公爵に何かしらの嫌疑があったところで、それを裁くのは容易ではない。

「オリヴィア、覚えておきなさい。相手が誰であろうと怯んだら終わりなの。誰であろうとも怯んではいけない、それがブリオール国の王妃よ。そして敵に情けは無用。あのババアの実家ですもの、叩けばいくらでも埃が出てくるわ」

（つまり——覚悟さえ決めれば、エバンス公爵を突く理由は出てくるってこと？）

はっきり言って、オリヴィアが取れる手段は少ない。

時間がないのだからなおさらだ。

しかし、エバンス公爵家相手に、果たして無事ですむかどうか——

「オリヴィア。あなたが覚悟を決めるなら、わたくしはいくらでもあなたの味方をするわ。……でも、覚悟も決められないあなたには、サイラスの隣はあげられないわよ。譲れないものがあるなら、どんな手を使ってでも守り通しなさい」

譲れないものがあるなら——

臆すれば、サイラスの隣にいる権利は奪われる。

時間もなくて、思いつく手段もほとんどなくて、さらに後ろ向きになってどうする。

「——やります」

オリヴィアがぐっと顔を上げて言うと、バーバラは満足そうに頷いた。

「見てらっしゃい狐ババア。今までの借り、まとめて全部返して差し上げるわ！」

そうしてニヤリと笑ったバーバラの顔は、サイラスがごく稀に黒い笑顔を浮かべているときの顔にそっくりだと、オリヴィアは思った。

——とはいうものの。

(相手はエバンス公爵家……慎重に進めないといけないわ)

バーバラの自室から、城の中に与えられている自室へと向かいながらオリヴィアは考える。

エバンス公爵は、イザックのように城での要職についているわけではない。

そのため城への出入りは少ないが、社交シーズンのため領地から王都へ居を移している。オリヴィアの行動に不信感を覚えれば、即座に対応してくるだろう。

グロリアも王都のエバンス公爵家に滞在しているらしいので、こちらも警戒しておかなくてはならない。

(……レモーネ伯爵の金の密輸事件のとき、陛下が言う通り褒賞をもらっておけばよかったわ)

夏前に暴いたバンジャマン・レモーネの脱税と金の密輸。

その証拠を突き止めたオリヴィアは、けれどもそれに対する褒賞を断った。

大臣たちの前で不正を告発したため、大臣たちはあの一件でのオリヴィアの活躍を知っているが、褒賞を断ったため、その功績はあまり知られていない。

(悔やんでも仕方がないけど……、あのとき褒賞を受け取っておけば、この状況には追い込まれなかったかもしれないわね)

一か月半という短い時間。

まだ多少のためらいはあるものの、エバンス公爵家を探り、なんらかの不正や疑惑の証拠を摑んで糾弾することが、現状ではベストな方法だと思う。

時間があれば国交や慈善活動、公共事業などで功績をあげる方法を探ることができただろうが、一か月半では到底不可能だ。

しかし、貴族裁判でしか裁くことのできない公爵を糾弾し罪に問うには、多少の不正疑惑では不可能である。断罪できるほどではないが多少の痛手が負わせられるレベルの疑惑では、むしろ手を出すべきではない。のちのち、こちらに降りかかるであろう火の粉が多すぎるからだ。

確実に罪に問える、もしくは問えなくともエバンス公爵家の力を大きく削げるほどの疑惑と証拠を手に入れる必要があり——正直、そのレベルの疑惑が存在するのかどうかも怪しい。

(エバンス公爵家に不正疑惑がなかったときのことを考えて、ほかの手段も探しておいたほうがよさそうね)

バーバラが言うくらいだ。エバンス公爵家になんらかの怪しい動きがあるのは間違いないだろう。問題はその大きさなのだ。

(別の方法を候補に入れるとしても、国の事業に首を突っ込むなんて不可能だし)

オリヴィアは文官ではないので、国の事業に口出しして強引に主導権を握ろうとすれば反感を買うだろう。評価を上げたいのに、それでは逆効果だ。

（新しい教育機関の設立とか、総合医療施設の建設とか……やってみたいことはあるけれど、今のわたしができることじゃないし、できたとしても一か月半じゃ無理だし……）

そのほか、貧困問題や労働環境の問題など、気になっている問題はたくさんあるが、どれもただの公爵令嬢が口を出せるものではない。

王子妃や王妃ではないオリヴィアにできることは、とても限定されている。

博打（ばくち）を打つみたいで嫌だが、やはり、エバンス公爵家の疑惑を探すことに絞って行動するのが効率的だろう。

部屋にたどり着くと、衛兵が扉を開けてくれた。

「オリヴィア！」

衛兵に礼を言って部屋に一歩踏み入れた瞬間、大好きな香りに包まれる。

「サイラス様？」

突然抱きしめられたオリヴィアは、サイラスの腕の中で目を丸くした。どうやらサイラスは、オリヴィアの部屋で彼女が戻ってくるのを待っていてくれたらしい。

「よかった。母上が連れていったまま、なかなか戻ってこないから心配していたんだ。大丈夫？　ごめんね。僕がおばあ様に言い返せればよかったのに……」

「大丈夫ですよ」

あの状況では仕方がなかった。どこにも反論の余地がなかったからだ。かばおうとしてくれただけでも充分嬉しかった。

サイラスと並んでソファに腰かけると、サイラスから事情を聞かされたのか、心配そうな顔をした侍女のテイラーがお茶を用意してくれる。

「ありがとう、テイラー」

心配をかけまいとして微笑んだのだが、逆にテイラーは不満そうな顔をした。

「こんなときにわたくしに気を遣わなくても大丈夫です！　お嬢様はすぐそうやって人のことばかり気にするんですから！」

「そんなことは……」

「あります！」

断言されて、オリヴィアは苦笑するしかない。

テイラーこそ、オリヴィアのことなのに、まるで自分のことのように怒って心配してくれる。人のことばかり気にかけるのはテイラーも同じだ。

「テイラーも座って。……バーバラ様とお話ししたことを、あなたにも聞いてほしいわ」

オリヴィアが言い、隣でサイラスが頷くと、テイラーがためらいがちに対面のソファにちょこんと腰を下ろす。

　オリヴィアはバーバラと話した内容をかいつまんで説明して、エバンス公爵家を探ることにしたと結論を告げた。

「正直、まだ悩んでいるんです。エバンス公爵家は陛下や……サイラス様の血縁ですし、下手を打てばお父様……アトワール公爵家にも大きな影響が出ます」

「でも、オリヴィアは決めたんでしょう？　僕の血縁とか、そういうのは気にしなくていいよ。血のつながりがあるから多少は気を遣っているけど、別にあの家と仲がいいわけでもないからね」

「公爵家のことだって、旦那様ならお嬢様の好きにすればいいとおっしゃると思います！」

　テイラーが拳を握りしめて言う。彼女の言う通り、イザックならオリヴィアを止めないだろう。父は、悔いのないようにしなさいと背中を押してくれる人だ。でも、だからこそためらいも残る。

「それに、母上が味方に付くんだろう？　もし何かあっても、最悪の事態にはならないよ。母上はあれで、自分が守ると決めた相手は全力で守りにいく人だからね」

「……はい」

　バーバラは厳しい人だと思う。けれど、とても優しくて愛情深い人だ。バーバラが味方になってくれるのはとても心強い。

「母上は勝てない戦をするタイプではないからね。エバンス公爵家を探るべきと判断したのなら、そこに何かあると確信しているんだと思うよ」

エバンス公爵家は国で一番力を持っている公爵家だ。王家と言えど下手に手出しはできない。バーバラがエバンス公爵家になんらかの疑惑を抱いていて、けれどこれまで公に調査できていなかった可能性は充分にあった。

「だけど慎重にはなるべきだ。エバンス公爵家を探っていると気づかれないように」

「そうですね」

「僕も協力するし、大丈夫だよ。オリヴィアなら。……それに」

サイラスがオリヴィアの頭を撫でて微笑む。

親密な雰囲気を察したテイラーが、そっと立ち上がって控室へ下がった。

「何があっても、僕はオリヴィア以外と結婚する気はないから。僕は一生君しか愛せない。断言できるよ。……だから、一か月半後、もしもオリヴィアが僕から遠ざけられるようなことがあれば、そのときは、君を連れてこの国から出ていこうかな。王位継承権なんて放棄して、なんのわずらわしさもないところで二人きりで暮らすんだ。……どう？」

オリヴィアは小さく笑った。

サイラスと二人きりの生活。それはそれでとても幸せだろう。正直惹かれるものもある。でも、それができないことはサイラス自身がよく知っているはずだ。

オリヴィアが遠慮がちにサイラスのほうに頭を預けると、サイラスがオリヴィアの肩に腕を回す。

「僕は絶対に君を手放さない。覚えておいて。何があっても絶対に守るよ。君も、君が大切にしている人も、まとめてね」

何が起こっても、サイラスは絶対にオリヴィアの手を離さないでいてくれる。それが確信できるから、オリヴィアの肩から力が抜ける。

「だから君は、後ろは振り返らずに前だけ見て進めばいい。君が取り零しそうになるものは全部、僕が拾い集めていくから。大丈夫だよ」

サイラスの「大丈夫」という言葉は、どうしてこうもオリヴィアの心に安堵を生むのだろう。彼がいるから大丈夫。彼が言うから大丈夫。本心からそう思える。

くり返される「大丈夫」に、オリヴィアは顔を上げる。

(大丈夫……諦めない)

結局、いくら悩んだところで結論は一つしかないのだ。

――サイラスの隣は、誰にも譲れない。奪わせない。

サイラスがゆっくりと顔を近づけてきたので、オリヴィアはそっと目を閉じる。

唇に触れる優しさと熱に、いつの間にか、あとには引けないくらいに強くサイラスを好きになっていたのだと、あらためて気づかされた。

☆

「はあ、憂鬱だ……」

「それはこっちのセリフですよ、狐陛下」

二人きりになった執務室で、だらしなくも執務机に突っ伏しているジュールを、イザックは冷ややかに見下ろした。

「狐言うな！」

「狐が嫌なら性悪陛下でも腹黒陛下でもいいですよ」

「……狐でいい」

ジュールが拗ねたように口をとがらせているが、イザックはもちろん無視をする。オリヴィアを泣かせたこいつに同情の余地などこれっぽっちもない。

「言っておきますけどね、これでもしオリヴィアが泣く結果になったなら、私は即座に辞表を提出しますからね。そのつもりで」

「出しても受理しない」

「なら出仕しないだけです」

「…………冷たいぞイザック」

「冷たくて結構」

ジュールは顔を上げて、バーバラに殴られた頭を撫でながら、はーっと息を吐き出した。

「お前にしてもサイラスにしても冷たい。私だって今回の件には参っているんだ。わかるだろう？」

「何が参っているですか。そんな顔をしても無駄です。だいたい、私にわかるはずないじゃないですか。何も知らされていないんですからね！」

そう、イザックにとっても、オリヴィアとサイラスの婚約の内定が取り消されるという話は寝耳に水だったのだ。長い付き合いであるから、ジュールがおそらくまたろくでもないことを企んでいるのだろうという勘は働いたが、それだけだ。

「説明する気はあるんですか？」

「……まだ言えない」

（まだ、か。……そういえば、いつもと少し様子が違うな）

だいたいジュールは、何か企んでいるときはニヤニヤ笑っている。悪戯を思いついた子供のように楽しそうに。けれども今日は、ずっと拗ねた顔をしていて、それは彼らしくない表情だった。

（何かは企んでいるが、陛下の思い通りの展開ではない……そういうことか？）

だが、そうだとしても、やはり同情の余地はない。

「イザック、ここ見てくれ。たんこぶになっている気がする」

「ああ、あなた、たんこぶできやすいですからね。……ざまあみろ」

バーバラに容赦なく殴られた場所には、ジュールの言う通りたんこぶができていた。もちろんこれにも同情しない。

「妻も息子も、どうして私に冷たいんだろう」

「……自分の胸に手を当てて聞いてみたらどうですかね」

本気でわからないならいろいろ破綻している気がする。

イザックはあきれた表情を浮かべて、ついと執務室の入口を見た。

先ほど、あの扉を壊す勢いで蹴り飛ばして憤然と出ていったサイラスの姿を思い出す。

（サイラス殿下があそこまで怒ったのははじめて見たな）

いつも冷静沈着で、感情の読めない穏やかな笑みをたたえているサイラスが、本気で怒っていた。

——父上、約束が違いますよ。

オリヴィアとバーバラ、そしてグロリアが出ていったあと、サイラスは氷のように冷たい声でそう言った。

サイラスは、オリヴィアと結婚する権利を得る代わりに、次期王になるという約束をジュールと交わしていた。オリヴィアをサイラスから奪えば、この約束は成立しない。サイラスの性格なら王位継承権を放棄するくらいやってのけるだろう。そうなれば、サイラスを王にしたいジュールの望みは永遠に叶わないことになる。

(そもそも今回の決定にはいくつか矛盾が残る)

だからこそ、ジュールが何か企んでいるとイザックは確信しているわけだが、今回ばかりはまったく読めない。

(それにしても、サイラス殿下にバーバラ王妃……被害が大きくなりそうだ)

本人は否定するだろうが、サイラスはジュールによく似ている。

本当に大切なものは、どんな犠牲を払ってでも守りにいく。意外とジュールにも、そういうところがあるのだ。

——そちらがその気なら、今回の件は僕も本気で行きますよ。

冷気すら漂ってきそうなほど冷ややかなサイラスに、ジュールは何も言わなかった。

——オリヴィアは絶対に奪わせない。そして僕は、僕からオリヴィアを遠ざけようとするおばあ様を絶対に許さない。父上、もしあなたが僕の邪魔をすると言うのなら、一切の容赦はしませんからそのおつもりで！

正直なところ今日まで、イザックはそれほどサイラスに期待はしていなかった。

能力的には高いものがある。王になるならアランよりもサイラスが向いているだろう。だが、オリヴィアの嫁ぎ先としてサイラスが最良なのかどうかは、わからなかった。

サイラスはいつも穏やかでどこか気迫に欠けていて、何かが起こったとき、オリヴィアを守り抜くだけの気概があるとは思えなかったから。

ただ、オリヴィアがサイラスを選んだから。アランとの婚約破棄のあと、イザックはオリヴィアが心から望む相手と結婚させてやりたいと思った。それがサイラスだったから、オリヴィアのために認めただけだ。

サイラスのオリヴィアへの気持ちは疑わない。でも果たして、オリヴィアを一生守り抜く力が、覚悟が、彼にあるのだろうかと――そう疑っていた。

（杞憂だったみたいだがな）

ここでもしサイラスが少しでも諦めるようなそぶりを見せていたら、イザックはオリヴィアがなんと言おうとサイラスとの婚約は認めなかった。

でも、彼は何も諦めていない。だから信じることにした。サイラスなら、オリヴィアを幸せにできるだろうと。

（まあ私が何を言ったところで、オリヴィアはもう選んでしまっているのだがな）

自分より他人を優先する傾向にあるオリヴィアが、自分の意思で選んだのがサイラスだ。サイラスの隣にいることが自分の幸せだとオリヴィアが判断したのならば、親とはいえ、外野が口を出す権利はない。

これ見よがしにずっとたんこぶを撫でているジュールに、イザックは苦笑する。

（十二年前……陛下が王妃殿下のために王太后様を城から追い出したのを思い出すな）

十二年前、ジュールとグロリアの間にどんな話し合いがもたれたのかは知らないが、グロリアが城を出ていくことになったのは、十中八九、ジュールがバーバラのために動いたのだとイザックは思っている。

バーバラとグロリアはずっと折り合いが悪かった。

相手はジュールの母親だからと、バーバラが相当我慢していたことは、妻のブロンシュから聞いて知っている。

ジュールとバーバラは幼い頃に婚約を決められた政略結婚だが、ジュールはバーバラを心から愛している。ジュールの優先順位は、昔からバーバラが一番だ。

(ま、サイラス殿下は、陛下みたいに性格が破綻していないけどな)

ただ、一つだけジュールを信頼している点もある。

――ジュールの企みによって、物事が最悪の状況になったことは、一度もない。

☆

夕方になって、オリヴィアがアトワール公爵家に帰ると、サイラスは自室に補佐官のリッツバーグを呼びつけた。

「リッツバーグ、頼みたいことがある。エバンス公爵家について調べられるだけ調べてほしい。

どんな些細なことでもいい」

リッツバーグは困った顔をして、ちらりと扉のところに控えているサイラスの護衛官コリンに視線を向けた。コリンが表情を変えないのを確認して、ため息交じりに言う。

「殿下……エバンス公爵家は敵に回すと厄介なところですよ。それに、殿下の親族でもいらっしゃいます。下手を打てば、すべてご自分に返ってくるかもしれません」

リッツバーグの懸念はよくわかる。

エバンス公爵家は歴史の古い家だ。何人もの王妃を輩出し、何人もの王女が嫁いだ。それゆえ、王家に次ぐほどの権力を持っている。歴史を紐解けば、強引な手段で王へ退位を迫ったことも幾度となくある。ゆえに歴代の王は、エバンス公爵家の出方を窺い、機嫌を取り、決して敵に回さないようにしてきた。

だからこそバーバラも、グロリアに苛立ちつつも、これまでは自分のほうが一歩引いて接してきた。けれど母は、今日、はじめてグロリア相手に啖呵を切った。エバンス公爵家を潰しにいくがそれでいいのかと。あれには正直驚いたし、ひやりと背筋が冷えた。母がそこまでしてオリヴィアをかばうとは思わなかった。

そして、バーバラの部屋から戻ってきたオリヴィアも、エバンス公爵家を探ると言った。探れば必ず何かが出てくるだろうとサイラスも確信している。そうなれば、エバンス公爵家と真っ向から対立することになるだろう。情報は多いほうがいい。

（それに、母上に負けてはいられないからね）

バーバラが味方してくれるのは心強いけれど、サイラスだってオリヴィアを守りたいし彼女の役に立ちたい。

それにおそらく、一か月半という短い期間で探るからには、バーバラはまず城に残っている過去のエバンス公爵家の資料から糾弾材料を探すだろう。

（城にない情報は仕入れられないし、現在の情報も手に入れておいて損はない）

エバンス公爵を糾弾する場合、最後の関門は貴族会議だ。そこでエバンス公爵の有罪判決を勝ち取らなければ、すべての努力も水の泡。ならば、調べられることは徹底的に調べ上げておかなくては、勝てない。

（ま、母上のことだから僕が動くのも見越しているんだろうけどね）

バーバラのチェスの癖を思い出せば、だいたいわかる。もっとも、サイラスは成人してからチェスをしなくなったから、久しくバーバラとも勝負をしていないけれど――、たぶん、それほど変わっていないと思う。

ならば、バーバラがサイラスの動きを計算に入れているように、バーバラの計算ごとサイラスが自分の計算式に当てはめてしまえばいいだけの話だ。

（オリヴィアは僕が守る。僕の大切な人だから）

オリヴィアはサイラスのもので、サイラスはオリヴィアのもの。これは絶対に譲らない。そこに第三者の――レネーンの影は必要ない。

「覚悟はできているよ。それに、オリヴィアが僕たちの将来のために戦おうとしてくれているのに、僕一人傍観者ではいられない。身内を陥れるなんて正直気分がいいものじゃないけど、最初に僕のオリヴィアに手を出したのはあちらだ」

　オリヴィアをサイラスから遠ざけようとして、オリヴィアを泣かせた。だからサイラスは、グロリアを絶対に許さない。

　リッツバーグはコリンと顔を見合わせてから、肩をすくめた。

「わかりました。私も覚悟を決めることにします」

「ありがとうリッツバーグ。でも無茶はしなくていいから」

「大丈夫ですよ、知っているでしょう？　隠密行動は得意なんです」

　リッツバーグは元税務官だ。平凡であまり特徴のない顔立ちを生かして、怪しい動きのあるところに潜り込んでは、数々の不正を摘発してきた。サイラスはその能力を買って税務大臣と交渉してリッツバーグを補佐官にしたのだ。彼の有能さはサイラスが一番わかっている。

　リッツバーグはふと考え込むように顎に手を添えて、それからサイラスからペンと紙を借りるとさらさらと何かを書きはじめた。

「こんなのでは足りないでしょうけど、私が現在把握できているのはこれだけです。……正直蜂の巣をつつくようで怖いですけどね、ちょっとだけ、わくわくしますね」

サイラスはリッツバーグから渡された紙を見て、ぽかんと口を開ける。

「リッツバーグ……君ね」

「そこに不正があれば首を突っ込みたくなるのが、元税務官の性分でして。でも、それ、証拠までは押さえきれていないんで、まだご内密に」

それでは行ってきますと、リッツバーグはのんびりした笑顔で言って部屋を出ていった。

エバンス公爵領は王都の東に位置していて、かなり距離があるが、王都の北東にあるレプシーラ侯爵領から、レバノール国の国境と平行にエバンス公爵領まで一本の鉄道が通っている。馬車で何週間もかかる距離でも、鉄道を使えば数日で到着できる。リッツバーグはすぐに何かしらの情報を持ってきてくれるだろう。

「何が書いてあるんですか？」

リッツバーグが出ていくと、コリンが興味津々に訊ねてくる。

サイラスはコリンに紙を渡して、肩をすくめた。

(労役地から囚人が大勢消えている、ね。消えている人数まで把握しているとか、リッツバーグ、怖すぎるよ……)

エバンス公爵領はレバノール国とスルベキア国の二つの国境に接している。そのうちスルベキア国との国境付近に、現在密入国防止のための壁を建設中で、罪を犯した囚人たちの労役地となっている。

スルベキア国との関係は悪くないのだが、かの国は経済状況があまり芳しくなく、一部のスルベキア人がブリオール国に密入国しては強盗などの犯罪に手を染めることが近年多発しており、両国の話し合いの末、密入国できないように壁と関所を設けることにしたのだ。

リッツバーグのメモによると、そのスルベキア国の国境の壁の建設にあたっている囚人が大勢行方不明になっているとのことだった。

国境を越えてスルベキア国へ逃げた可能性も完全には捨てきれないが、囚人を働かせるため、国境付近には大勢の見張りがいる。その見張りはエバンス公爵領の兵士たちで、囚人が国境を越えて逃げたならば、エバンス公爵経由で国に報告がされるはずだ。それがされていないということは、この問題には何か裏があるはず。

「……よくこんな情報を知ってましたね」

「リッツバーグはあちこちに協力者がいて、独自の情報網を持っているからね」

「彼は殿下が取り立てなかったら税務官から結構いいところまで出世したんじゃないですか？」

「それは僕も思うよ」

リッツバーグにはいつも助けられている。だからこそ、もしも彼が望むなら、それなりの地位を用意するつもりでいるのだが、リッツバーグは出世欲が希薄なようで「給料がいいからサイラス殿下の補佐官でいいです」と言うのだ。サイラスとしてはとてもありがたいのだが、いずれはその功績にきちんと報いたいと考えている。

(これで、エバンス公爵家に何かがあるのはほぼ確実になった)

サイラスはコリンから紙を回収して、表情を消す。そういえばこの労役地には「彼」がいるのだと、思い出した。

☆

エバンス公爵令嬢レネーンは、大叔母グロリアの話を思い出して眉を寄せた。

(一か月半後までにオリヴィア様がご自分の悪評を払拭できれば、サイラス殿下との婚約は取り下げない……何それ!)

グロリアはオリヴィアからサイラスと婚約する権利を奪うと言った。

それなのに、ジュール国王がオリヴィアにチャンスを与えてしまったらしい。国王が判断したのならば異を唱えることはできないと、グロリアはあっさり引き下がってきたそうだ。

(やっとサイラス様が手に入ると思ったのに……!)

レネーンはずっとサイラスが好きだった。だから何度も父やグロリアにサイラスと婚約させてほしいと頼んできた。

けれども、父やグロリアがジュールに掛け合おうとも、「考えておく」以外の返答が戻ってきたことはなかった。

そして、今年になってオリヴィアに横やりを入れられた。アランとの婚約を解消したオリヴィアがサイラスの隣を奪ったのだ。

レネーンがずっと欲しかった場所にオリヴィアがいる。アランと婚約破棄された無様で無能な公爵令嬢。あの女に、レネーンの何が劣るというのか。

無能なオリヴィアでは一か月半後までに自分の悪評を払拭することはできないだろう。

そう思うのに、不安がぬぐえない。

バーバラもサイラスもオリヴィアの味方だと、グロリアが言ったから。あの二人がオリヴィアの味方なら、この状況をひっくり返してしまうかもしれない。

「手段は選んでいられないわ」

レネーンはなんとしてもサイラスが欲しい。

ならばレネーンが取る行動は一つだけだ。

「敵には情けは無用だって、大叔母様もいつも言っているものね」

◆二　予想外の味方

「おいティアナ！　そんなんも持てないのかよ。どんくせーなー」

けらけらと笑う小生意気な声に、水が半分ばかり入っている木桶を地面に置いて、ティアナは顔を真っ赤にして怒鳴り返した。

「なんですって⁉　今日という今日は許さないわ！　待ちなさい、こらー‼」

ティアナはくるぶしまである紺色の修道服の裾を持ち上げて、十歳になったばかりのそばかす顔の少年マックを追って駆けだした。

マックの周りにいた四人の子供たちも、ティアナの剣幕に「わー！」と叫びながら蜘蛛の子を散らすように駆け出す。

最初は威勢よくマックを追い回していたティアナだが、五分もしないうちに息を切らせて、その場にうずくまった。

「な、なんだって、わたくしがこんな目に……！　これもぜーんぶ、オリヴィア様のせいよっ」

「またはじまったぜ、ティアナの愚痴ー」

「なーなー、オリヴィア様って誰のことー？」

「てゆーかティアナって嫌いな相手にも『様』って言うんだなー」

「ほんとに嫌いなのかー？」

ティアナがうずくまれば、わらわらと子供たちが周囲を取り囲む。

そしてティアナの髪を引っ張り服を引っ張り、果ては背中に乗っかったりしてじゃれついてくるのだ。

（これだから子供は！）

背中に張りついている一人に「どきなさい！」と怒るも、子供たちは笑うだけで言うことを聞かない。

彼らは、修道院に隣接している孤児院で暮らす孤児たちである。

春の終わりに身分を剝奪（はくだつ）されて囚人となったティアナは、ここより南にあるザックフィル伯爵領内の、カルツォル国との国境付近にある遺跡の発掘現場で労役（ろうえき）につかされていた。

それは、ティアナ個人の罪というよりは、父バンジャマンが犯した罪の累が家族にまで及んだための罰だった。ティアナも王族に対して虚言を吐いたなど問題はあったが、こちらはあまり罪に問われなかったからだ。

ゆえにティアナは父の連帯責任を負わされただけなので、真面目に労役にあたっていれば、一年もすれば解放されていただろう。

しかし、その一年の労役が耐えられなかったティアナは、ある男にそそのかされて発掘現場から逃げようとした。

そしてその逃亡劇は失敗に終わり、労役地を変更されることになった。それがここ――ブリオール国王都レグザムの端にある修道院である。

修道院で人が足りなかったことと、身分が剝奪されているとはいえティアナが元貴族令嬢だったこともあり、修道院で修道女たちの手伝いと孤児たちの面倒を見ることがティアナの仕事になったのである。

遺跡の発掘作業に比べたら何倍も楽な仕事だとティアナは高をくくっていたが、蓋を開けて見れば重たいものは持たされるし、子供たちにはもみくちゃにされるし、全然楽じゃない。

毎日の洗濯で手はあかぎれだらけだし、子供たちに引っ張られるから、薄茶色の髪も鳥の巣のようにボサボサだし、子供たちが毎日怒らせるから、心なしか小じわが増えた気がする。まだ十七歳なのに、最悪だ。

「なーなーティアナー、洗濯手伝ってやるから終わったらあそぼーぜー」

「昨日の秘密基地の続きつくろーよー」

「ちゃんとティアナの部屋も作ってやるからさー」

「あんたたちもうすぐ字の書き取りの時間でしょ！」

孤児院はただ子供たちの衣食住の面倒を見ているだけではない。彼らをきちんと教育し、自分の力で生きていけるようにする。そのために毎日三時間、学習の時間が設けられていた。そろそろその時間になる。

「えーやだよー」

「字なんて覚えて将来なんの役に立つんだよー」

「綺麗な字が書けるようになったら、お役所で雇ってもらえることもあるって院長先生が言っていたでしょ？」

「じゃあティアナは書けるのかよー」

「字が書けねえからこんなとこで下働きさせられてんだろー」

「書けるわよ、失礼ね！　ちょっとその棒きれ貸しなさいよ‼」

バカにされて頭に来たティアナは、子供の一人が持っていた木の棒を奪い取り、地面に文字を書きはじめる。

興味津々にそれを覗き込んでいた子供たちは、ティアナが書き終えるとぱちぱちと拍手をした。

「おーすげー」

「なんて書いてあるんだ？」

「ティ……ア、ナか？」

「でも字きたねーな」

褒められてまんざらでもなかったティアナだが、最後の一言にはカチンときた。

「あんたたちいつも一言余計なのよ！　それから邪魔よ！　わたくし忙しいの！　あんたたち

が毎日服を汚すから洗濯物がたまってるのよ！」

「それさー、ティアナの要領が悪いから溜まるんだろー」

「なんですって!?」

ティアナがまなじりを釣り上げると、子供たちがけらけら笑い出す。

「しょーがねーなー、今日も洗濯手伝ってやるよー」

「ティアナは何もできないからなー」

「そんなんだと結婚できねーぞー」

「まあ、安心しろ。ティアナが嫁き遅れたら俺たちの誰かが代表してもらってやるからよー」

「貧乏くじってやつだなー」

「「あはははははは」」

「何が貧乏くじよ!!」

文字もまともに書けないくせにどこでそんな言葉を覚えてくるのだろう。

（男の子はこれだから！　女の子みたいにおとなしく部屋の中でお人形遊びでもすればいいのに！）

カッカと怒るティアナの周りにまとわりつきながら、子供たちは洗濯物が置かれている一角へ向かう。

そして、ティアナが子供たちとぎゃいぎゃい言い合いつつ洗濯物を片づけていると、孤児院の建物から、六十代半ばほどの修道女が歩いてくるのが見えた。修道院と孤児院の院長だ。

「あらまあ、今日も仲良しね」

子供たちと並んで洗濯をしているティアナに、院長が微笑ましそうに声をかけるが、ティアナは冗談じゃないと思う。どこが仲良しなのか。このくそガキどもはいつもいつもティアナをバカにするのだ。まったく腹立たしい。

しかしティアナの労役の態度を監視している院長に下手に言い返すことはできない。院長の評価一つで、ティアナの労役期間が長くなったり短くなったりするのである。

労役についている囚人のところには、定期的に、労役の態度を調査するため監察官が訪問してくる。その際、普段のティアナの行いを報告するのは院長の役目なのだ。労役態度がよければ予定よりも早く労役から解放されるし、悪ければ延びる。ティアナは遺跡の発掘現場で一度やらかしているから、これ以上問題は起こせない。

（ま、労役が終わったところで、帰る家なんてないけどね。結局、修道院かどこかで一生過ごすことになるんだわ）

ティアナは罪に問われるまでは、贅沢な暮らしが約束されていた伯爵令嬢だった。そして一時は、貴族令嬢ならば誰もが憧れる王太子アランの婚約者にまで上り詰めたというのに、見事な転落人生だ。

思い出すと腹立たしいことばかりだが、最近は、ちょっとだけそんな過去の自分がおかしくなるときがある。

父や母はティアナを優秀だとか天才だとかほめそやしたが、蓋を開けてみれば子供たちにもバカにされるような浅はかさだった。ティアナは全然優秀ではなかったのだ。それなのに自分が国で一番優秀な令嬢だと信じ込んで自信満々だった。ティアナは過去の自分のいったいどこにそんな自信があったのか、不思議で仕方ない。

（正直、この子たちのほうがわたくしより計算もできるし難しい言葉も知っているのよね）

それを知ったとき、ティアナの矜持（きょうじ）はズタボロにされたが、悔しくて腹立たしくてどうしようもなかったのは三日程度だった。

よくよく思い返してみたら、父も母もティアナが勉強しているところを見に来たことはないし、知ろうともしなかった。何も知らないくせに、適当にほめておけばいいとでも思っていたのかどうなのか。それとも、優秀に違いないと勝手に思い込んでいただけか。どちらにせよ、あの人たちはティアナの本質に興味はなかったのだ。

（今思えば、オリヴィア様って本当に優秀だったのかも。なんでバカって言われていたのか知らないけど、わたくしが知らないことを知っているのは確かだったし）

ザックフィル伯爵領の遺跡でティアナを見つけたのもオリヴィアだと聞いた。オリヴィアがティアナの部屋に残されていた痕跡からティアナの居場所を推理したらしい。本当に愚者ならそんなことができるはずがない。

（でも、だからって好きにはなれないけどね！）

オリヴィアはティアナにないものをたくさん持っている。容姿、地位、品格……そこに知性まで加わったら無敵ではないか。

何もかもを持っている完璧な令嬢。悔しくて仕方ない。だから嫌い。ずっと嫌い。でも――認めなくもない。オリヴィアは間違いなく、ブリオール国で一番の令嬢だ。誰もオリヴィアにはかなわない。

ティアナは石鹸まみれの手を洗って立ち上がる。

院長がここに来たということは、何か用事があるはずだ。

「ティアナ、お客様が来ていますよ」

「お客様？」

「監察の方です」

（ああ、なるほど）

ここに来て、まだ監察官は一度も来ていなかったから、そのうち来るだろうとは思っていた。

監察官という言葉を聞くと、自分が囚人なのだと改めて思い知らされる。

「洗濯はこちらでやりますから、早くお行きなさい。応接間でお待ちですよ」

「わかりました。……あんたたち、院長先生を困らせるんじゃないわよ」

「ティアナじゃないんだからそんなことしねーよ」

「なんですって!?」

「ティアナ、大丈夫だからお行きなさい。あなたたちもあまりティアナをからかうのではありませんよ」

「「「はーい」」」

(まったくもう、院長先生の前だと途端にいい子になるんだから!)

行儀よく返事をする子供たちに嘆息しつつ、ティアナは修道院の中にある応接間に向かう。

部屋の中に入ると、灰色の髪を撫でつけた神経質そうな男が一人座っていた。

ティアナが椅子に座ると、男はしばらく無言でティアナを見つめたのち、一通の手紙を差し出した。

(何これ?)

監察官はここでの生活について質問するのが仕事だ。遺跡の発掘にあたっていたとき、一度監察官とやり取りしたことがあるが、事務的な質問をいくつかされて終わった。手紙など差し出された記憶はない。

ティアナが訝しそうな顔をすると、男が言った。

「君の父上からだ。内容は決して他言しないように」

「え?」

ティアナは耳を疑った。

囚人同士の手紙のやり取りは禁止されている。父はティアナよりも重い処分を受けて、ここより遠い場所できつい労役についているはずだった。そんな父から手紙？　しかも、封が切られていないということは、検閲されていない。

（どういうこと？　お父様は十年以上刑期があるって聞いたわ。どうしてそのお父様からの手紙がここにあるのかしら。本当にお父様からなの？）

不思議に思いつつ封を切って手紙の内容を確かめる。

元気にしているか、ではじまった手紙の字は、確かに父バンジャマンのものだった。

ティアナはちらりと監察官を見たが、彼は無表情のままで何も言わない。

仕方なく、ティアナは手紙を読み進め——愕然（がくぜん）と目を見開いた。

ティアナの反応を見て、監察官は顎を引くようにして頷く。

「手紙の内容に従いなさい。そうすれば君はここから解放される」

ティアナはゆっくりと息を吸い込んで吐き出す。

わからない。わけが、わからないけれど。

——何かおかしなことが起こっている。

それだけは、わかった。

☆

「いいですかオリヴィア。これが過去五十年間のエバンス公爵領の収支報告書です。ちなみにわたくしが気になった部分についてはすでにしるしを付けています。確認なさい」

どーん、と積まれた書類の山に、オリヴィアはぱちぱちと目をしばたたいた。

オリヴィアはサイラスとアランに割り振られている仕事を手伝うため、ほとんど毎日城に出向いている。

今日の分の仕事をしていたオリヴィアは、突然バーバラに呼び出されて彼女の私室へ向かった。そこに用意されていたのがエバンス公爵領の過去五十年分の収支報告書だったのだから、驚きもするだろう。

(そして今日も今日とて、お菓子がいっぱい……)

資料の横には二人分のティーセットと、三段のケーキスタンドに並べられている色とりどりのお菓子たち。

「王妃様……この資料、どうしたんですか?」

「税務大臣に用意させました」

バーバラは簡単に言ったが、間違いなく持ち出し禁止の重要書類だ。

「よ、よろしいんでしょうか?」

「本人がいいと言ったのだから構(かま)いません。ちなみに税務大臣はこちらの味方です。あなたとサイラスの婚約の危機だと言ったら二つ返事で協力してくれました。まあカモフラージュとしてほかの領地の収支報告書も持ってこさせましたけどね」

オリヴィアは、五十代半ばの税務大臣の顔を思い浮かべた。アランの仕事をこっそり手伝っていた頃、よく困った顔をしてオリヴィアの部屋を訪れていた。お菓子持参で。あの頃からオリヴィアに優しかったが、機密資料を横流しして大丈夫なのだろうか。

バーバラが向けた視線の先には、カモフラージュとして用意された大量の書類の山があった。エバンス公爵領以外のものは用がないので、部屋の隅のほうに置かれている。

積み上げられたエバンス公爵領の収支報告書に、オリヴィアはごくりと唾を飲み込んだ。

エバンス公爵家を探ることに異論はない。覚悟も決めた。だが、オリヴィアが失敗すれば、その対価を支払うことになるのはオリヴィアだけにはとどまらない。

（お父様にもお兄様にも迷惑をかけるかもしれないし……）

藪をつついた結果出てきた蛇がオリヴィア一人に噛みつくのであればそれほど躊躇しないが、アトワール公爵家への影響も必至となれば、まだ少しのためらいが残る。

そんなオリヴィアの懸念を感じ取ったのか、バーバラが笑みを浮かべた。

「あなたが心配しているのは家のことでしょうけど、アトワール公爵はこちら側ですよ。娘に手出しする家は許さないのだそうです。そうそう、あなたの母君――ブロンシュにも確認したところ、こちらのことは気にする必要はないから好きに動きなさいと言っていましたね。まあ、ブロンシュも好戦的なところがありますからね」

　オリヴィアが知らないところでバーバラは父や母に連絡を入れてくれていたらしい。

「え？」

「あら、知らなかったの？　ブロンシュはかつてイザックの婚約者だった相手を容赦なく蹴落(けお)として自分が妻の座に収まったのよ。この話とても面白いのよ。ふふふ、この件が落ち着いたら詳しく教えてあげましょう」

　知らなかった。二人が恋愛結婚なのは知っていたけれど、そんな過去があったとは。オリヴィアは目を丸くする。

（お母様って実は気が強い人だったの？）

　そう言えば、オリヴィアがまだ小さかった頃、父が仕事に行きたくないとごねていたときに容赦なく家から叩き出していたような気がする。それを考えると意外ではないのか。不思議な気分だ。

「ともかく、これであなたの懸念はなくなりましたね。さあ、はじめますよ。狐ババアには散々煮え湯を飲まされてきましたからね。……腕が鳴るわ」

「その……陛下のことはよろしいんでしょうか？」

　エバンス公爵はジュールの外戚だ。エバンス公爵家への糾弾が、ジュールにまで累を及ぼすことになるのは避けたい。

けれど、バーバラはあっさり頷いた。

「あの狐のことは気にしなくていいのよ。どうせいつも通り、だんまりですもの。わたくしと狐ババアがやり合っていても、どっちつかずで傍観するのがいつものあの人のスタイルなの。たまには妻をかばうぐらいの気概を見せてほしいものだけど、期待するだけ無駄なのよ」

オリヴィアはほんの少しジュールに同情した。バーバラとグロリアがバチバチ火花を散らしているところにはオリヴィアだって入りたくない。大火傷（やけど）をしそうだ。

「それに、あの人は自分に降りかかる火の粉（こ）は自分でなんとかする人ですよ。エバンス公爵家がたとえ取り潰しになったところで、あの人にとって深爪するほどの痛手もないわ」

「そうですか」

なんだかんだ言って、バーバラはジュールのことを信頼しているのだ。だから自由に動けている。妙な賭け事はしているし、いつも喧嘩しているようにも見えるけど、実は仲がいい。それがずっと不思議だったが、少しわかった気がする。二人の間にある信頼は、本物だ。

オリヴィアは最後のためらいを振り払うように首を横に振って、資料の一枚目に手を伸ばす。

五十年分の収支報告書。五十年前というと、ちょうどグロリアが王家に嫁いだ頃だろうか。

（エバンス公爵家はもともと力のある公爵家だったけれど、先王陛下のときが一番力を持っていたのよね）

先王の時代、宰相（さいしょう）を含め、国の中枢はエバンス公爵家に連なる者たちで固められていた。ゆえに政は、ほとんど彼らの思惑通りに進められていた。

王が代わり、玉座についたジュールが政務者を一新してエバンス公爵家を政治の中心から追い出すまで、それは続いたという。

(だから収支報告書もおかしいわけね)

ざっと見た限り、先王の時代とジュールの時代で、提出されている収支報告書の内容が明らかに違う。

「先王時代……国からエバンス公爵家にかなりの額が流れていたんですね」

「ええ。でも、褒賞とか給与という形で与えられていますからね。明らかにおかしくてもこのあたりは正攻法ではつつけないわよ」

「そうですね……」

不自然な褒賞、給与、特別報酬。毎年のようにエバンス公爵家に与えられているそれらは、誰が見てもおかしな金の動きだが、国から正当な手順で与えられている以上どうすることもできない。そもそも王から与えられる褒賞にルールなんてないから、国王の裁量次第。褒賞に異議を唱えるのは国王の決定に異議を唱えるのと同義だ。王の威信にも関わる問題で、少なくとも、将来王族に名を連ねる予定のオリヴィアが簡単にしていいことではない。

先王時代のエバンス公爵領の収支報告書は怪しいところがたくさんあるが、真正面から糾弾できそうなものはそう多くなかった。

　バーバラもいったん先王時代のものは後回しにしたほうがいいだろうと判断して、ジュールが王座についてからの収支報告書に目を通す。

（……わかってはいたけど、欲しい材料がすぐに手に入るほど、簡単ではないわね）

　焦らず探していくしかないだろう。

　そう自分に言い聞かせて、オリヴィアは新しい報告書に手を伸ばした。


（ジュール陛下の時代の収支報告書にもおかしな部分はあったけど、これだけじゃ弱いのよね）

　オリヴィアは廊下を歩きながら考えた。

　まだすべての収支報告書に目を通したわけではないが、バーバラがしるしをつけていた箇所と合わせて、おかしな箇所は複数あった。

　その中には追及できそうなものもあったけれど、それを追及したところで大きな問題には発展しないだろう。

　報告書の改ざんは、多かれ少なかれどこの領地もやっていることだ。大抵が、見つかっても追加納税だけですむくらいの微罪で、痛手ではない。

　かつてレモーネ伯爵が行ったような金の密輸事件や巨額の脱税行為になれば話は別だが、あのように大胆なことをする人間はそうそういない。

——いっそ何か罪を捏造できれば楽でしょうけど、あの狐ババアがいる限りそれも難しいでしょうからね。

バーバラも脱税疑惑だけでは相手をやり込めるに足りないと感じているようで、忌々しそうにそんなことを言った。

冤罪で陥れるのは反対だが、バーバラがそう言いたくなる気持ちもわからなくもない。

報告書に軽く目を通すだけで、先王時代、エバンス公爵家やその一族がどれだけ横暴なことをしていたかよくわかる。

利権も金も正当な方法で入手したように記されているため、先王時代の問題を追及することは極めて難しいけれど、おかしいのは間違いない。

(よくあそこまでの横暴が通ったものだと思うわ)

アトワール公爵家も宰相を多く輩出している家だが、宰相や大臣職についたからといって、自分たちの好きに国を動かせるわけではない。

先王時代、エバンス公爵家が好きにできたのは、グロリアの存在があったからだろう。グロリアはよほど実家に便宜を図ったと見える。

ブリオール国の王妃は代々能力で選ばれる。優秀なバーバラしかり、先代であるグロリアもまた油断ならない才媛だ。下手を打てばこちらに返ってくる。エバンス公爵家を冤罪で陥れようものなら、逆にそれを利用されてこちらが潰されるだろう。

考えているうちに城の自室にたどり着いて、オリヴィアは難しい顔のまま部屋に入った。

出迎えてくれるテイラーに「ただいま」と挨拶をして、ソファに座ると、クッションを膝に抱えてまた考える。

「オリヴィア様、ミルクティーです」

オリヴィアの前に、テイラーが温かいミルクティーを置いてくれる。砂糖が多めに入っている甘めのミルクティー。頭を使っているときにはオリヴィアが糖分を取りたがるのを知っているテイラーは、考え事をしているときにはいつもこれを出してくれる。

（テイラーって本当、わたしにはもったいないくらいよくできた侍女だわ）

オリヴィアより三歳年上のテイラーは、侍女であると同時に姉のような気の置けない存在だ。

オリヴィアの侍女になってかなり経つが、思えば昔からテイラーは優秀だった。相手の心の機微を感じ取るのがうまいのだと思う。痒いところに手が届くというか、オリヴィアが何かを頼む前に先回りして動いてくれることが多い。

（テイラーもそろそろ結婚を考える年齢よね。……やだなあ）

テイラーはとても可愛い女性だ。ベージュ色の髪にオレンジがかった茶色の瞳。オリヴィアより少し背が低くて、スタイルがいい。そして優秀で気さくで優しいとくれば、世の中の男性は放っておかないだろう。

テイラーが結婚して離れていくかもしれないと考えると、オリヴィアは憂鬱になる。テイラーも自分の幸せを考えなければならないので、オリヴィアのそばに一生いてくれるわけではない。ずっとそばにいてほしいと思うけれど、それはオリヴィアの我儘(わがまま)だ。

（そろそろもう一人侍女を雇わないと。テイラー一人に負担をかけていたら、テイラーもやめたくてもやめられないわよね）

落ち着いたらもう一人侍女を入れることを検討しよう。テイラーと仲良くやれる人がいい。そして、テイラーがあとを任せて去ることができるような、しっかりした人を探さなくては。

チクリと胸を刺すような寂しさを覚えつつ、オリヴィアはテイラーに向かって微笑んだ。

「ありがとう、テイラー」

「いいえ。……お嬢様、わたくしは何があろうともお嬢様の味方ですからね！　なんの役にも立たないかもしれませんが、いつでも頼ってください。お嬢様とサイラス殿下は完璧なんです。わたくしの理想の恋人同士です。邪魔をするやつは地獄の底に落ちればいいんです！」

「地獄の底はともかく、わたくしも諦めるつもりはないわ」

「はい！　まあ、最悪どうにもならなかったら既成事実って作戦もありますけどね、ふふ。その辺もテイラーは全面協力いたしますからお任せください。子供ができればこっちのもの」

「テイラー!?」

オリヴィアは危うくミルクティーを吹き出すところだった。

笑顔で親指を立てるテイラーにオリヴィアは真っ赤になる。テイラーはときどき発言が過激になるが、今日はまたとんでもないことを言い出した。

「旦那様は卒倒するかもしれませんが、子供ができた女性を捨てたなんて醜聞、王家が許すはずがありませんからねー。むしろ一番いい方法だと思います」

「よくないわよ！　もうっ。結婚前になんてこと……」

「はー、お嬢様は頭が固すぎなんですよ。できちゃった婚なんて今時珍しくないじゃないですか」

「そうなの⁉」

「そうですよ。許嫁が嫌で好きな相手と結婚したいから子供を作りましたーって話、聞きません？」

「聞かないわ！」

「そうですか？　わたくしの姉の友人はその手を使って夫を手に入れたらしいですよ」

「…………」

（あれ？　わたしのほうが間違っているのかしら……？）

オリヴィアは軽く混乱してきた。テイラーの考えのほうが正しいのだろうか。いやいや、そんな、結婚前に子供ができるような行為をするのは貴族令嬢としては間違っている。第一オリヴィアの心臓がもたない。うん、聞かなかったことにしよう。

そう思ったのに、テイラーはさらに過激なことを言い出した。

「わたくしもいつか好きな男性ができたときは、その手を使って手に入れて脅して要求を全部飲ませるつもりです！」

「ええ!?」

「わたくしは死ぬまでオリヴィア様のそばを離れませんから、子育てを全部引き受けてくれる男性が理想なんです。見つけたら手段は選んでいられません」

　がっちりホールドして離さないのだと胸を張るテイラーに、オリヴィアはくらくらと眩暈を覚えた。

　テイラーもそろそろ結婚して幸せになるべきだと思っていたが、何やら危険な匂いがプンプンする。

（一生そばにいてくれるのはすごく嬉しいけど、それはダメだと思うの！）

　さっきまでテイラーがいなくなるのは寂しいと思っていたのに、テイラーの発言を聞くとオリヴィアはなんとしてもテイラーに「一般的な結婚」をさせるべきだという使命感に駆られてきた。既成事実をもとに脅して手に入れて育児を丸投げなんて、選ばれた男性が可哀そうすぎる。

「だ、だめよテイラー。結婚は好きな人としないと」

　サイラスに恋するまで、結婚は家のためにするべきだという価値観を持っていたオリヴィアが言っても説得力はないかもしれないが、とにかくテイラーの考えを改めさせなければと必死になるオリヴィアに、テイラーがきょとんとする。

「当たり前じゃないですか。好きでもない男と結婚なんてしませんよ」

「でも、さっき子育てを丸投げって……」

「そうですよ。わたくしの言うことを聞いてくれて子育ても全部引き受けてくれて、ずっとオリヴィア様の侍女でいさせてくれる男性なんて理想中の理想です。好きにならないはずがありません。確信しています」

「まだ出会ってもいないのに!?」

オリヴィアが頭を抱えると、テイラーはくすくすと笑う。

「オリヴィア様は難しく考えすぎなんですよ。少し肩の力を抜いてください」

テイラーはそう言って、仕事に戻っていく。クローゼットの中身を入れ替えているらしい。新しいドレスを入れて、もともとクローゼットにあったドレスを出している。

(……あれ？　もしかして気を遣われた？)

どこまで本気なのかは読めないが、テイラーの発言に脱力したこともあって、全身から力が抜けている。

頭の中がすっきりして、視野が広くなったような感じがした。

(すぐに答えが出ないのはわかっていたことだもの。今はできることをすべきよね)

オリヴィアが今すべきことは二つ。

一つは言わずもがな、エバンス公爵家を探ること、もう一つは、エバンス公爵家を探っていると気づかれないように、カモフラージュをすることだ。

(自分の評価を上げるために、ほかの方法を取っているところを見せておかないといけないわ)

そしてそれは、人の目につく方法がいい。誰かが噂して、グロリアやエバンス公爵の耳に入るような手段が理想だ。

「ねえテイラー。世間一般的に、貴族令嬢が自分の評価を上げようとする場合、どんな方法があると思う?」

「慈善活動がいいんじゃないですか? オリヴィア様、もともと孤児院とかに興味をお持ちだったじゃないですか」

「孤児院への慰問(いもん)……そうね、いいかもしれないわ」

母のブロンシュは、慈善活動に積極的だ。孤児院にもよく足を運び、お菓子や服などを差し入れしている。オリヴィアも何度かついていったことがあるし、孤児院で開かれるバザーに協力したこともある。

「テイラー、お菓子を包んでくれる?」

今日はまだ時間がある。

座って考え事をしていても生産的ではないので、それならばいっそ孤児院に出向こう。

「すぐご用意しますね」

テイラーもオリヴィアの狙いがわかったのか、大きく頷いて棚に納められているお菓子を取り出してくる。オリヴィアの部屋には、サイラスやバーバラが差し入れてくれるので、お菓子が食べきれないほどあるのだ。

（孤児の数は昔に比べれば少なくなったとは聞くけれど、まだ捨てられる子は多いのよね）

子供たちが捨てられる理由はまちまちだが、一番多いのは経済的理由だ。ブリオール国は平和な国だが、貧困問題がまったくないわけではない。この問題は、サイラスと結婚し、オリヴィアにある程度の権限が与えられたのちに着手したいとは思っていた。

それは今すぐどうこうできる問題ではないが、将来のためにもしっかり見てこよう。

「ここから一番近い孤児院は、王都の端の修道院よね」

オリヴィアは外套を羽織ると、テイラーと数名の護衛を連れて、孤児院へ向かった。


馬車で揺られること四十分。

王都の下町を過ぎて、南門にほど近いところに、目的の修道院が見えてくる。

修道院と孤児院の二つの建物が奥と手前でつながるように造られていて、門扉をくぐった先にはそこそこ広い庭もある。

庭を駆け回る子供たちの笑い声を聞く限り、ここは子供たちにとっていい環境のようだ。

正式な慰問ではないし、事前に訪問を伝えるとかえって気を遣わせるから先ぶれは入れず、今日はお菓子を届けて様子を見るだけで帰るつもりだ。

門の前で馬車を停めて、同行してくれた護衛の兵士が院長に確認に向かう。

それをぼんやりと待っていると、子供特有の高い声が聞こえてきた。

「おいティアナー、はやくしろよー」

「そっちの煉瓦はここに積むんだぞー」

「花壇を作り直すって言ったのティアナだろ」

「あんたたちが花壇を踏み荒らさなかったらこんなことしなくてすんだのよ！」

（……うん？）

気のせいだろうか。聞き覚えのある名前に聞き覚えのある声がする。

怪訝に思っているとテイラーも同様の疑問を持ったのか、馬車の窓に張りついた。

「……お嬢様。なんだか見たことのある方が孤児院の庭にいらっしゃいます」

「気のせいじゃなかったみたいね」

ティアナがザックフィル伯爵領の古代遺跡の発掘現場から移動させられたのは聞いていた。どうやら新しく連れてこられた場所はここだったようだ。

（わたし、つくづくティアナに縁があるのね……）

なかなかの遭遇率だと思う。

元気いっぱいのティアナの声にちょっとだけ安堵しつつ苦笑していると、院長に確認に行った護衛兵士が戻ってきた。

孤児院の建物から院長が出てくるのが見えて馬車を降りると、院長に何か言われたのか、子供たちとティアナが顔を上げる。

紺色のつつましやかな修道服に身を包んでいて、化粧っ気もないが、その勝気な表情に「あ、ティアナだ」と妙な納得を覚えてしまうから不思議だ。

ティアナは目を丸くして、オリヴィアを指さした。

「あ――――――!!」

「うっせーぞティアナ」

「なんだよ『あー』って。歌か?」

「ティアナ歌もまともに歌えねーのかよ」

「うるさーい!!」

顔を真っ赤にして叫んだティアナに、隣のテイラーがぽそりと「あの方はどこにいてもうるさいんですね」と零した。

地獄耳のティアナはしっかりとテイラーの言葉を聞き取ったようで、キッとこちらを睨みつけてくる。

「なんでここにオリヴィア様がいるのよ！　何しに来たの⁉　わたくしを笑いに来たわけ⁉」

「ち、違うわティアナ。ええっと……久しぶりね。元気だった？」

「はあ⁉　元気に見えるのこれが⁉」

(ものすごく元気に見えるわ……)

しかし言うともっと怒らせそうなので黙っておく。

すると子供たちが面白そうにティアナとオリヴィアを取り囲んで、口々に騒ぎ出した。

「ティアナ、この綺麗なおねーさんと知り合いか？」

「前に言ってたオリヴィア様ってこの人のことか？」

「あれか？　女は自分より美人が嫌いだっていうあれか？」

「そういうの嫉妬（しっと）って言うんだぜ」

「ティアナだっせー」

「うるさいって言ってるでしょ！　あんたたち向こうで遊んでなさいよ邪魔だから！」

キーッとティアナが叫ぶと、それを見ていた院長が慌てたように止めに入る。

「こら、失礼ですよ！　……申し訳ありません、教育が行き届いておらず……」

「いえ、大丈夫ですよ。テイラー、お菓子を子供たちにあげてくれる？」

テイラーに持参したお菓子を出してもらうと、子供たちが瞳を輝かせた。

「菓子か？」

「ねーちゃんいいやつだな！」

「ティアナも少し見習えよ」

「ティアナの作る菓子はまずいもんなー。しょっぱかったり苦かったり」

「つーかほとんど炭だよな」

「うるっさーい！」

叫びすぎて酸欠になったのか、ティアナがぜーぜーと肩で息をする。

院長が青くなってオリヴィアに再び「申し訳ございません。教育が……」と頭を下げるのが逆に申し訳なくなってきたので、オリヴィアは院長に頼んで孤児院の中を見せてもらうことにした。

子供たちはすっかりお菓子に夢中になっている。

「ティアナにも分けてやってもいいぞー」

「いらないわよ！　それからお菓子は手を洗って食べなさいよ。ほら、みんな家の中に入る！」

「しょーがねーなー」

「たまにはティアナの言うことを聞いてやるよ」

「いこーぜー、菓子だー！」

「ちゃんとみんなで分けるのよ!?」

「わかってるって！」

わーっと子供たちが孤児院に向かって駆け出した。

ティアナが腰に手を当てて、子供たちの姿が見えなくなるまで見つめている。

オリヴィアにはその様子が少し意外だった。

文句を言いながらもティアナが子供たちの面倒を見ている。

（……ここが、ティアナにいい変化をもたらしたみたいね）

本人は気づいているのかいないのか。子供たちを見るティアナの目は、優しく細められている。以前のティアナは、そんな優しい目をしていなかった。


院長とともに孤児院の中へ向かう。

今日は見に来ただけなので全体を案内してもらって、孤児院の経営状況などを聞いて終わりだ。

「幸いなことに、ここは陛下のお膝元ですから、ほかの孤児院と違って大きな問題は抱えておりません」

修道院と隣接している孤児院はいくつかあり、修道女たちは定期的に連絡を取り合っているので、離れている場所の孤児院の情報も自然と入ってくるものらしい。

修道院と隣接している孤児院は国からの補助が出るが、私営の孤児院や領主が管理している孤児院の経済状況はその場所場所でまちまちで、苦しいところも多いそうだ。

「ほかの孤児院には何か問題が？」

「修道院が管理しているところではないので詳しいことは存じませんが……噂では、孤児たちを手放すところもあるそうですよ」

「手放す？　どういうことですか？」

「欲しい方がいらっしゃったら引き取られるということです」

「それは里子に出す、ということでしょうか？」

孤児を里子に出すことは珍しいことではない。希望者がいて、希望者の経済状況や人格に問題がなく、そして孤児本人が望めば、新しい家族のもとで生活がはじまることもままあることだ。それ自体は問題はないし、むしろ喜ばしいことだろう。

だからオリヴィアは、院長の思いつめたような表情が気になった。

「里子であればいいのですが……そうでない場合もあるようです」

（そうでない場合……？）

オリヴィアが眉をひそめると、院長は慌てたように首を振った。

「あくまで噂ですので、真偽のほどは。うちではもちろん、そのようなことはしておりません。成人するまでここで面倒を見て、働き口を見つけたら出ていきます。読み書きなどを教えておりますから、ほとんどの子供たちが成人と同時に独り立ちしていますよ。中には時間のかかる子もいますが、それでも二十歳を過ぎる頃には何かしらの仕事を見つけていますね。女の子の場合、成人後ほどなくして嫁いでいく子もいますし」

「そうですか。それはよかった」

先ほどの話が気にならないと言えば嘘になるが、院長はあまり触れたくない話題のようだ。噂とのことで詳しくは知らないようだし、この場では追求しないほうがいいだろう。

(落ち着いたら調べてみましょう。変な裏取引があったら大変だもの)

ブリオール国では人身売買は禁止されているので、そんなことはないと思いたいが、どんな賢君が国を治めたとしても、犯罪がゼロになることはない。育った環境、思考回路、精神状態、それにより、人は犯罪に手を染めてしまうこともあるものだ。

為政者(いせいしゃ)は、その犯罪をできる限り少なくするために、国を整える。貧困問題がなく労働環境などが整えば、少なくとも生活に困って犯罪に手を染める人は減るはずだからだ。

そして教育の重要性。誰もが平等に道徳教育と基礎教育が受けられる環境の整備が必要だ。相応の教育を受けるには多額のお金がかかるという現状を、少しずつでいい、改善していければいいと思う。

頭の隅でそんなことを考えながら孤児院の見学を終えると、玄関前にティアナが立っていた。

「ねえ、ちょっといい?」

不貞腐れたような顔と声。

テイラーがムッとして言い返そうとしたが、オリヴィアはそっと手でそれを制した。

オリヴィアはティアナに嫌われている自覚がある。オリヴィアを嫌っているティアナが話しかけてきたということは、それなりの理由があるはずだ。

「オリヴィア様と二人で話したいの」

オリヴィアはちらりと院長を見上げて、彼女が大丈夫だと頷いたのを確認し、答えた。

「ええ、構わないわ」

ティアナに修道院の中にある応接室に連れてこられると、テイラーはものすごく不満そうな顔で「扉の前で待っています」と言った。オリヴィアとティアナを二人きりにするのがよほど嫌なようだ。

応接室は、中央に木製の長方形の机があり、椅子が四脚置かれている。そのほか特筆すべきものは置かれていないが、窓にかかっている冬用の厚みのあるカーテンをオリヴィアは可愛らしいと思った。端切れをつなぎ合わせて作ったパッチワークのようで、刺繍(ししゅう)や飾りが縫(ぬ)いつけられている。

応接室は暖炉(だんろ)に火が燃えていて暖かく、オリヴィアは外套を脱いで椅子に腰かけた。

オリヴィアの対面に座ったティアナは、話があると言ったくせに不貞腐れたような顔のまま黙り込んでいる。

沈黙に耐えきれなくなったオリヴィアは、できるだけティアナを刺激しないように穏やかに話しかけた。

「ティアナは子供たちに人気なのね」

「……別に。わたくしが一番あの子たちと年が近いから、いい遊び相手くらいに思われているだけよ」

「そう？　とても慕われているようだったけれど……」

「は？　どこをどう見たらそう見えるわけ？　オリヴィア様って天然？　やっぱりバカなの？」

「え、ええっと……」

どうしてだろう、ティアナが相手だとうまく会話が組み立てられない。

オリヴィアが途方に暮れていると、はーっと大きく息を吐いたティアナがエプロンのポケットから一通の手紙を取り出した。

「世間話とかいらないわ。だってオリヴィア様とわたくしはお友達じゃないもの。わたくしだって本当はこんな話したくなかったけど……ここにはほかに相談できそうな人がいないのよ」

「相談？」

「これ。先に読んで」

差し出された手紙を受け取ってオリヴィアは首を傾げる。

「これは？」

「読んだらわかるわ」

怪訝に思いながらもオリヴィアは手紙を開く。

一度握りしめられたのか、皺だらけの手紙はそれほど長くもなく、用件だけがつづられていた。

最初の数行を読んだオリヴィアの眉がぐっと寄る。

「これ……」

「バカげてるでしょ」

ティアナはそう言うが、そんな言葉で片づけられるほど単純な内容ではなかった。

オリヴィアが顔を上げると、テーブルの上に頬杖をついたティアナがむっつりした顔で言う。

「わたくし、今までお父様って賢いと思っていたんだけど、その手紙を読んで考えが変わったわ。バカなのよ。そして自分のことしか考えていないんだわ」

「ティアナ……」

手紙は、彼女の父である元レモーネ伯爵バンジャマンからのものだった。

囚人同士の手紙のやり取りは禁止されているので、バンジャマンからの手紙がここにあるのはおかしい。だがそれ以上におかしいのが内容だった。

手紙には、ティアナをカルツォル国の国王の側妃にする予定であること、そしてサイラスの婚約式の日に遣いをやるから、その者の指示に従って王都の指定された場所まで来るようにと書かれている。

「あなたのお父様は、カルツォル国とやり取りがあったの？」

カルツォル国とブリオール国の関係は微妙だ。もともと友好国ではなかったが、十数年前に国境付近で勃発した小競り合いのせいで、その関係はさらにぎくしゃくしたものになった。

国交を断絶しているわけではないのだが、国境をまたぐには申請が必要で、相応の理由がなければ許可されない。

ただ関係が希薄とはいえ隣国である以上無視はできないので、一か月半後のサイラスの婚約式の招待状は送られていると聞いた。あちらからは第二王子が出席すると返答があったそうだ。

「知らないわよそんなこと。お父様が何をしているのかなんて興味なかったもの」

「でも、側妃って……」

カルツォル国の情報は少ないが、現王は好色な人だと聞いたことがある。

カルツォル国は一夫多妻制が認められている国で、王は後宮に多くの妃や愛妾を住まわせているらしい。それゆえ子供も多く、オリヴィアが把握しているだけで三十人はいるはずだ。あの国の情報はなかなか入ってこないので、おそらく、把握できていない部分を足すとその倍はいそうな気がしている。妃や愛妾の数に至っては、百は超えているのではないかという話も聞くが、正直まったくわからない。

ティアナは顔を真っ赤にして、テーブルを叩いた。

「冗談じゃないわ！　カルツォル国の国王って言ったらもうおじいちゃんでしょ⁉　どうしてわたくしがそんなところに嫁がないといけないのよ！」

以前、ザックフィル伯爵領の遺跡で労役についていたとき、レギオンを人攫いだと勘違いして、自分を金持ちに売りとばせなどと言ったティアナだが、何か心境の変化でもあったのだろうか。以前のティアナならば喜んで飛びつきそうな話だと思うが。

ちょっと不思議に思っていると、ティアナがぽそりと「まだあるのよ」と言う。

「手紙には書かれていないこと。その手紙、監察官が持ってきたんだけど」

（監察官が？）

それはおかしい。囚人同士で連絡を取り合うことは許可されていないのに、監察官がそれを知らないはずがないのだ。

「そのとき、変なことを言っていたのよね。もうすぐこの国で戦争が起こるだろうって。王が代わるって。巻き込まれたくなければその手紙の指示に従えって」

「待って、戦争？　王が代わるってどういうこと？」

「わたくしが知るわけないでしょ。でも嘘を言っている感じじゃなかった。なんていうのかしら……こう、目がイッちゃってる感じっていうの？　危ない感じ。戦争が本当かどうかはわからないけど、何かは起こるんじゃないかって、そう思ったわ」

「それが本当だったら一大事よ?」

「だからこうしてオリヴィア様に相談してるんでしょ。正直言って証拠になりそうなものは手紙しかないし、わたくしは囚人だし? こんな話を信じてくれる人間なんていないでしょうけど……オリヴィア様なら、そういうの関係なく冷静に判断するんだろうなって思ったのよ。わたくしを遺跡の中から見つけ出したときみたいに」

「ティアナ……。でも、これをわたくしに渡したら、あなたのお父様が大変なことになると思わなかったの?」

「思ったけど、だから何って感じ。お父様は嫌いじゃないけど、昔ほど好きでもないし、むしろ勝手なことしないでよって思うし。それに……戦争は嫌よ」

ティアナはふと真顔になって、テーブルの上をとんとんと指先で叩いた。

「戦争になって一番に巻き込まれて切り捨てられるのは、力のない人間だわ。もし本当に戦争になったら、ここにいるあの子たちはどうなるの? 巻き込まれて、誰も守ってくれなくて、そして死んでいくの? そんなの嫌だもの」

「ティアナ……」

「あの子たちは小生意気で腹が立つ子たちだけど、別に嫌いじゃないの」

ツンとすましたように言って、ティアナは席を立った。

「その手紙、オリヴィア様にあげる。だから、戦争になる前に、止めて。……それであの子たちが助かるなら、わたくしは別に、どうなってもいいわ」

そうして小さく笑ったティアナに、オリヴィアは、やっぱり彼女は変わったかもしれないと、そう思った。

◆三　狙われたバーバラ

次の日、ティアナから預かった手紙を持って登城したオリヴィアは、まっすぐサイラスの部屋へと向かった。

この件はオリヴィアだけでは対処しようがないからだ。

サイラスは、午前中に帝王学を学び、午後からは執務をしていることが多い。

彼がいつ忙しいのかは把握しているので、帝王学の教師が来るまでの時間を狙って部屋を訪れれば、サイラスが笑顔で出迎えてくれた。

「いらっしゃいオリヴィア」

君が朝から僕の部屋に来るのは珍しいねと笑って、サイラスがオリヴィアを抱きしめる。

こうした触れ合いは恥ずかしいのに、サイラスの隣に立つ権利を失う恐怖を味わったからだろうか、以前よりも素直に彼に身を預けることができる。

彼の腕の中は、恥ずかしいけれど何よりも安堵感があって、オリヴィアの心にたとえようのない充足感をもたらしてくれるのだ。

サイラスの隣を奪わせないために戦うことを決意したオリヴィアだが、だからといって不安が消えたわけでもなく、彼に抱きしめられるとずっとこのまま甘えていたくなる。

そんな自分を叱咤(しった)して、オリヴィアはサイラスの腕の中で顔を上げた。

「お話があります。少しお時間ありますか?」

「大丈夫だよ。お茶を用意させるね」

サイラスがベルを鳴らしてメイドを呼びつけ、ティーセットを運んでこさせる。

サイラスの部屋の壁には大きな本棚が並んでいて、オリヴィアも読んだことのないような貴重な本もある。

たくさんの本に、冬になって少し模様替えされた部屋。紺色やダークブラウンを基調とした部屋の中には必ず薔薇の花が生けられていた。落ち着いた色味と本と薔薇の香り。そして大好きなサイラス。この部屋は、自分の部屋以上にオリヴィアに安心感を与える場所だ。

メイドが去ると、オリヴィアはちらりと扉の前に立っている護衛官のコリンに視線を向けた。目が合うと、短い黒髪と同色の瞳を優しく細めて微笑まれる。

二十八歳と大人の彼は、サイラスのよき理解者で、そしてサイラスが無類の信頼を寄せる人物だ。これから話すことも聞かれて問題ないだろうと、オリヴィアはこのまま話すことにした。コリンの隣に控えているテイラーにも、昨日のうちに話をしてある。

オリヴィアがティアナから預かってきた手紙を差し出し、昨日の話をすると、サイラスは途端に険(けわ)しい表情になった。

「戦争? どういうこと?」

「わかりません。ティアナもわからないと言っていました。ただ、この手紙を持ってきた監察官がそう言ったと」

「その男、本当に監察官だったのかな」

「どうでしょうか。監察官に扮していた可能性も否めませんけど……」

オリヴィアが持っている情報は、ティアナから預かった手紙と、彼女の証言だけだ。ティアナによると、監察官は灰色の髪の神経質そうな男だったらしいが、それだけでは情報としてはあまりに少ない。

「この話、父上と母上には？」

「まだです。情報が少なすぎて、真偽のほどもわかりません。この状況で奏上するのは、混乱を招くだけかと思いまして……」

かといって無視できる問題でもない。オリヴィアも正直、扱いに困る情報だ。

「確かにね。あと……父上たちに知らせて、ことが大きくなった場合、情報を漏らしたことが知られて、ティアナに危険が及ぶかもしれない……か」

「はい」

戦争という言葉を不用意に使った人物だ。ティアナが邪魔だとわかれば消すくらいのことはしてくるはず。

ティアナに、戦争になるという情報を出したのは、その監察官がティアナを味方だと判断したからだろう。男の中には、ティアナがその情報を他人に売るという可能性はなかったのだ。

（たぶん、以前のティアナならこの情報は他人には漏らさなかったはずだわ）

ティアナは他人よりも自分の都合で動くタイプだった。少なくともオリヴィアは、昨日彼女と再会するまではそう認識していた。ティアナが変わったのは、孤児院で子供たちと接しはじめてからに違いない。相手が以前のティアナの情報しか持っていなかったのならば、ティアナが乗らない話ではないと判断するはずだ。

（逆を言えば、以前のティアナの性格をきちんと把握している相手ということにもなるわね）

バンジャマンに聞いたのか、それともほかの第三者からの情報なのか。ティアナは監察官のことを知らないようだったが、監察官を名乗った男はティアナについて詳しい情報を持っていたことになる。バンジャマンからの情報でないならば、監察官にその情報をもたらした人物は、伯爵令嬢だった頃のティアナをよく知る人物かもしれない。

「その戦争とやらに、カルツォル国は十中八九関係していると見ていいだろうね。王が代わるというのが、カルツォル国にこの国が奪われることを指すのか、それとも誰かが王位簒奪を目論んでいるのかはわからないけど」

「はい。そうでなければティアナにこの手紙を渡し、不用意に情報を出した理由がわかりません」

「相手はティアナが情報を漏らさないと思っていたんだろうね。まあ、以前のティアナであれな」

ば、自分の身の安全と幸せを第一に考えただろうから、従わない理由がないと思っていたのか

「そうだと思います。ティアナの性格をよく知っている人物が背後にいるはずで、それが彼女の父親であると考えるのが自然だとは思いますが……」

「バンジャマンとカルツォル国とのつながりがわからない」

オリヴィアは頷いた。

バンジャマンが金の密輸事件を起こしたあと、彼の身辺は徹底的に調べられた。カルツォル国とのつながりがあれば、そのときに判明していたはずだ。見落としていた可能性もあるだろうが、それは限りなく低いとオリヴィアは見る。ならば、バンジャマンがカルツォル国とつながりを持ったのは捕縛されたあとということになる。

(捕縛され労役地へ移送されたあとにカルツォル国とつながりを持つのは不可能だと思うけれど、現に不可能なことが起こっているもの)

監察官がバンジャマンの手紙を届けるという行為も、オリヴィアの中では「不可能」な枠に入る。それが行えたのだから、カルツォル国と連絡を取る手段もないと断ずることはできない。何かしらの抜け道を使って連絡を取った可能性は排除できなかった。

(でも、彼一人でどうにかできる問題でもないはず)

ましてや監察官の使った「戦争」という言葉。これはバンジャマン主導で計画されているも

のだとは、とてもではないが考えられない。

「まだ……背後に何かがあるかもしれません」

「僕も同意見。はっきり言って、バンジャマン一人で立てられるような計画ではないはずだ。一応大臣職にいた人間だからね、バカとまでは言わないが……誰も彼もが一目置くような頭のいい人間でもない。カルツォル国側が、彼と組むメリットはないよ」

「慎重に動いたほうがいいですよね」

「うん。ティアナも……このままにしておくのは少々危ないかな」

「わたくしもそれを考えていました。身の安全も考えて、できれば修道院から移動させたいです」

「となると……父上か母上のどちらかの協力が不可欠だな。こういうときは母上かな」

「そうですね。陛下が動くと、どうしてもことが大きくなりますから」

「それもあるけど、父上は今回、オリヴィアとおばあ様、どっちの味方に付くかわからないからね。下手におばあ様の耳に入ると妨害工作に出られる可能性がある」

「そんな、これが本当なら、国の一大事ですよ？」

「だとしても、あの人はやるよ。ちなみに、母上がおばあ様を嫌う大きな理由の一つはこれね。おばあ様は国というよりは自分と身内のために動く人だから」

（……先王陛下の時代のエバンス公爵領の収支報告書を見る限り、否定はできないけど……）

先王時代にエバンス公爵家やその一族が大勢要職についていたのは、グロリアの存在があったからに違いないだろう。

だが、王妃という地位にあった人だ。国のトップにいた人である。監察官の言った「戦争」が本当に起こったら大なり小なり国に被害が出る。その状況で、まだ自分や身内のためだけに動くとは思いたくなかった。

（なんとなく思っていたけど、サイラス様は王太后様のことが好きではないのかしら？）

祖母と孫という関係なのに、どこか他人行儀な感じがする。

オリヴィアの表情から何を考えているのかわかったのか、サイラスが苦笑した。

「嫌いとまでは言わないけど、おばあ様のことはあまり好きじゃないよ。たぶん兄上もね。おばあ様、母上のことを嫌ってるから、そのせいで僕たちへのあたりも強かったし。特に兄上にはきつかったかな。僕はまだ、自分の一族の娘の婿（むこ）候補として見られていたからそれほどではなかったけど」

サイラスはすっかり冷めた紅茶に口をつけながら、昔を思い出すような遠い目をした。

「十二年前だったかな？　僕がまだ子供の頃の話だけど、父上がおばあ様を城から追い出したんだ。あの頃にはすでに、おばあ様と母上の関係は修復不可能なほど険悪だったからね。もちろんそれ以外に何か原因があったんだろうけど……父上はおばあ様に対してそのときの負い目があるんじゃないかな。だから、僕とオリヴィアの婚約におばあ様が反対したときも強く出られなかったんだと思う」

「陛下が？」

「父上あれで、身内に甘いんだよね」

「陛下が、身内に甘い、ですか？」

自分の都合で子供を振り回して、アランを容赦なく切り捨てようとした国王が？

サイラスはくすりと笑った。

「意外？　ひねくれているからわかりにくいかもしれないけど、かなり甘いと思うよ。兄上のときだって、たぶんあれ、兄上のためでもあったんだと思うし。もちろん自分の賭けもあっただろうけど。あのとき婚約破棄騒動を起こした兄上を、その場で切り捨てることだってできたはずなのに、そのままにしておいたでしょ？　兄上ならそのうち自分で気づいて自分で落とし前をつけると思ったのか、それとも、完全に切り捨てることを避けたのかはわからないけど、僕は甘いと思ったよ」

「あ……」

「まあ、どうにもならなくなったら母上が動くと踏んでもいたんだろうけどね。どっちにしろ、あの人、本当の意味では身内を切り捨てられないんだ。それ以外にもいろいろ黒いことを考えているのも事実だけどね。だから今回、母上とおばあ様の間に挟まれた父上はろくに動けないし、どちらの味方をするのかも読めない。だから、あてにできない。……ただ、もし父上が敵に回るなら、僕も手段は選ばない」

サイラスは紅茶を飲み干すと、オリヴィアに手を差し出した。

「ということで父上は無視して、この件、母上に相談に行こうか。善は急げと言うし、悠長に構えていられるような問題でもないでしょ」

☆

「おい、いい加減話したらどうだ」

アランは書類にサインをする手を止めて顔を上げた。

「な、なんのことでしょうか⁉」

声を裏返してだらだらと汗をかきはじめた補佐官のバックスに、アランは冷ややかな目を向ける。小心者のバックスは、ひと睨みするだけでさらに顔色を青くした。

（こいつ、それなりに仕事はできるんだが、この気の弱さはなんとかならんのか）

こんなんだから大臣たちに嫌味を言われて胃痛に悩むことになるのだ。心なしか額もさらに後退しはじめたし、そのうち髪が全部抜け落ちるのではなかろうか。

アランは自分の存在も充分バックスの負担になっているとは知りもせず、内心で同情しながら続ける。

「誤魔化(ごまか)しても無駄だ。何か隠しているんだろう？　吐かないつもりなら仕事しないからな」

「ひっ」

バックスはアランの机に積まれた書類を見てますます青くなった。最近は真面目に仕事をするようになったけれど、アランの要領の悪さは相変わらずなので進捗状況は芳しくない。机の上に溜まっている書類は半分も片づいていなくて、このままだと大臣たちに激怒されて、またオリヴィアに泣きつくことになるが、オリヴィアの置かれている状況を把握しているバックスはこれ以上の仕事を彼女に回したくない。

「私が気づいていないとでも思っているのか？　お前だけじゃない。文官たちがピリピリしているのはわかっている。今度は何があった。父上か、それとも母上か？　違うな、サイラス……いや、オリヴィアか？　お前、オリヴィア信者だもんな」

「なぜそれを……！」

「お前のオリヴィアに対する態度を見ていればわからないはずないだろう。文官たちの中にはオリヴィア信者が多いからな。あいつに何かがあったんだろう。違うか？」

「……うぅ」

「図星だな」

アランはペンを置くと頬杖(ほおづえ)をついた。

「ほら、さっさと吐け。さもないとこの書類を窓から捨てるぞ」

アランの脅しにバックスはがっくりとうなだれた。

バックスが話さなくても、気になったアランは、どこからか情報を仕入れるだろう。それならば素直に話して仕事をしてもらったほうがいい。

「実は……その……オリヴィア様とサイラス殿下の婚約のお話が、白紙に戻されるかもしれなくて……」

「は?」

「私も人から聞いただけなので確かな情報ではないのですけど……王太后様が待ったをかけたとかなんとか」

「おばあ様が？　まさか。ここ十年くらいおとなしくしていたはずだろう。なぜ今になって口を挟んでくる」

「そ、それは存じ上げませんが……聞いた話によると、オリヴィア様の代わりにエバンス公爵令嬢がサイラス様と婚約なさるとかなさらないとか」

「エバンス公爵令嬢？　レネーンか？　……ああそう言えば、ちょっと前までおばあ様はサイラスにレネーンをあてがおうとしていたな。諦めてなかったのか」

バーバラも、一時期はエバンス公爵家がうるさいからサイラスとレネーンを縁付かせようとしていたほどだ。

当時サイラスは王位につく気はなさそうだったから、それならばエバンス公爵家と縁付かせてもいいだろうと考えていたようである。

ただし、サイラスが次期王になる可能性が極めて高くなった現状、バーバラがサイラスとレネーンの婚約を認めるはずがない。バーバラは昔からレネーンが好きではないからだ。

バックスの話が本当ならば、なんとも面倒くさいことになったとアランは眉を寄せる。

（いや、でも……母上はそれほど荒れていなかったな）

祖母グロリアが絡むと母が荒れる。しかし晩餐の席で母はいつも通りだった。ならば、この話はただの噂で、バックスの勘違いか？

（違うな。父上との会話が極端になかった。何かが起こっているのは確かだ。だが、おばあ様絡みだとしてもいつもと少し違う……。嫌な予感がするな）

母バーバラはオリヴィアのことが気に入っている。グロリアが口出ししたからと言ってオリヴィアを手放すとは思えない。バーバラがオリヴィアの守りに回ることは想像に難くなかった。

そうなると――母は本気で祖母とやり合う気だ。

（おばあ様とやり合うなら相手はエバンス公爵家だぞ。……ああ、面倒なことになりそうな匂いがプンプンする）

アランはぐしゃりと前髪をかき上げた。

「なんでもっと早く教えないんだ、このバカ！」

グロリアとエバンス公爵家が相手だとバーバラでも分が悪い。無茶をすればバーバラに返ってくるだろう。

アランは急いで立ち上がる。

「急用ができた。今日の仕事は終わりだ」

「へ？」

「大臣たちには期限を明日まで延ばせと言っておけ」

「そんな……！」

バックスは悲鳴を上げたが、アランは知らん顔で大股で部屋を横切る。

――アランはそのまま、目的地を告げずにたった一人で城を飛び出した。

☆

サイラスとともにバーバラに相談に行った日から三日後。

「オリヴィア様本気なんですか!?　わたくしは嫌です！」

「わたくしだって嫌よ!!　なんだってわたくしがこんな目に……！」

オリヴィアに与えられた城の一室で、互いに睨み合っているテイラーとティアナに、オリヴィアは「うーん」と首を傾(かたむ)ける。

どうしてここにティアナがいるのかと言えば、それはバーバラの決定によるものだ。

ティアナから預かった手紙を持ってバーバラに相談に行った結果、バーバラはこのままティアナを修道院に置いておくのは危険だと判断した。

ティアナの身の安全問題もそうだが、バーバラはティアナを信用していないので、今後の彼女の行動について危惧したのだ。

つまるところ、ティアナの気が変わり、バンジャマンの手紙にあるようにカルツォル国の側妃になるという選択をするかもしれないと考えたのである。

今はバンジャマンに反発しているようだが、正直ティアナの思考回路は誰にも読めない部分がある。これから先もティアナの意見が変わらないかどうかは確信が持てない。

不確定要因はできるだけ目の届く範囲に置いておくべきだと考えたバーバラは、独断ですぐにティアナの移動の申請を出した。

そしてなんと、監視するならそばに置いておくのが一番いいだろうと、バーバラはティアナをオリヴィアの侍女にしてしまったのである。

もちろん、囚人を侍女にするなど本来は不可能だ。

そのため表向きは、ティアナはバーバラの兄が治めるレプシーラ侯爵領内にある国境警備兵のための宿舎の下働きに移動させたことにしたらしい。

国境警備と言っても、レプシーラ侯爵領が接しているのはレバノール国で、国同士の関係は極めて良好なため、無断入国や出国を防ぐための警備兵が置かれているだけだ。殺伐とした空気はどこにもなく、ほとんど仕事がない穏やかな職場らしいので、希望する兵士たちが多くて倍率が高い。

レプシーラ侯爵家ならばバーバラも多少融通が利くので、何かあってもすぐに対処ができる。と、ここまではよかったのだが、問題は移動させられた張本人がこの決定に納得していないことだった。

ティアナのみならず、オリヴィアの正規で唯一の侍女テイラーまでもが難色を示している。

（まだ顔を合わせて十分もしないのに、もう喧嘩しているなんて……）

どちらか一方でもいいから歩み寄ってほしいものだが、どちらにもその意志がなさそうなので困りものだ。

「だいたい何よこのカツラに眼鏡は！　センスを疑うわ！　ダサすぎる！」

（それ、王妃様の前で言ったら怒られると思うわよ……）

ティアナには髪色を隠すための金髪のウィッグと、黒縁の眼鏡が用意されている。さすがに「ティアナ」のまま歩き回っていればすぐに気づかれるからだ。彼女は社交界でも目立っていたほうだったし、春にはアランの婚約者になって、そしていろいろやらかした。大臣はおろか文官たちや城の使用人の記憶にもばっちり残っている。

ゆえに、変装させずにおくわけにはいかないので、バーバラが前もってティアナの変装セットを用意しておいてくれたのだ。

オリヴィアはティアナが言うほど「ダサい」とは思わなかったが、ティアナは気に入らない様子だった。

「ほかにもあるじゃない、ピンクとかオレンジとか可愛いやつ！　眼鏡もこんな丸眼鏡じゃなくて、こう、可愛い羽がついたやつとか！」

「はあ⁉　アホなんですか⁉　仮装大会じゃないんですよ⁉」

すかさずテイラーが突っ込んだ。テイラーもよせばいいのに、ティアナの発言の一つ一つに反応するから収拾がつかなくなる。

「誰がアホですって⁉」

「あなた以外に誰がいるんですか！　お嬢様、今からでも遅くありませんよ！　わたくし、この方と一緒に働きたくないです！　王妃様に言ってなんとかしてください！」

ティアナを毛嫌いしているテイラーは、本人を目の前にしても容赦がない。

対するティアナも、こんなことで引き下がるようなおとなしい性格をしていなかった。

「わたくしだっていやよ！　なんなのこいつ！　ちょっとオリヴィア様、侍女のしつけがなってないわよ！」

「あなたにだけは言われたくありませんよ！　それにお嬢様はわたくしたちの主人なんですから、きちんと敬語を使いなさい！」

「二人とも、いい加減落ち着いて……」

　ティアナを守りつつ監視するという意味では、近くに置いておくのがいいとはいえ、これは無理があるのではなかろうかとオリヴィアは遠い目をする。

　バーバラの決定を聞いた直後、サイラスも「無理だ」と断じたが、彼の反対はバーバラに一蹴されてしまったし、オリヴィアも引き受けてしまったから、今更あとには引けないわけだが。

「ティラー、冷静になって。ティアナも、これはあなたを守るための措置なんだから、ね？　とりあえず表面上だけでいいから侍女らしくしてちょうだい。ああ、あと、ティアナの偽名を考えないといけないのよ。何か希望はあるかしら？」

　せっかく変装していても「ティアナ」と呼んでいれば気づかれる。ティアナには変装もそうだが、しばらく偽名で生活してもらわなくてはならない。

「偽名？　そうねえ……フランソワーズとかどうかしら。アントワネットでもいいわよ」

「やっぱりアホなんですか？　そんな派手な名前、目立ってしょうがないじゃないですか。ベラとかドナとかエラとかありふれた名前がいいに決まってるでしょう？」

「はあ!?」

「落ち着きましょう！　ティアナ、間をとってフランとかどうかしら？　アンでも可愛いと思うわ」

「……まあベラよりはましかしらね」

　ティアナはものすごく不服そうだが、とりあえず偽名はフランで落ち着いた。

先が思いやられるとオリヴィアは息をつく。

「ティアナ……じゃなくてフラン。いい？　もしあなたがわたくしに情報を漏らしたと知られると、相手はどう動くかわからないわ。これはあなたの身の安全のためなの。あなたが狙われたときに修道院にいたら、子供たちも巻き込まれるかもしれないし。わかって」

ティアナは孤児院の子供たちを大事にしているようだった。子供たちのことを出せば納得するだろう。

案の定、ティアナは渋々「わかったわ」と頷く。

「テイラーも、お願いだから協力して」

「……まあ、お嬢様がそう言うなら」

「よかった。じゃあ、フランは早く変装しましょう。そのままだとこの部屋から出られないわ。それから外ではあまり喋らないようにね。声で気づく人がいるかもしれないから。それじゃあテイラー、変装を手伝ってあげてくれない？　わたくしが手伝うよりあなたのほうがお化粧とかも得意でしょうし」

「わかりました。……ほら、そこに座ってください。お嬢様のお化粧品をあなたに使うのはすっごく嫌ですけど、特別にお化粧してあげます」

テイラーも一言多い。

ティアナはテイラーの言い方にムッとしたようだが、罪人になってから一度も化粧品に触れていなかった彼女の視線は、ドレッサーの前の化粧品に釘づけだ。嬉しそうに瞳が輝いている。

おしゃれが大好きなティアナにとって囚人生活はつらいものがあっただろう。

「自分でできるわ」

「ダメです。だって絶対派手顔にするから。コンセプトは目立たない地味顔です」

「なんですって!?」

「フラン、お願い。テイラーに任せて。全部が終わったら好きなだけお化粧品あげるから」

「……本当？　嘘だったら承知しないわよ」

「お嬢様、ティ……じゃなくてフランに甘すぎです！」

そう言うが、化粧品でティアナがおとなしくなるなら安いものだ。オリヴィアの化粧品は、気がつけばテイラーが買い集めるからたくさんあるし。

ティアナが心なしかわくわくした表情でドレッサーの前に座る。

口では文句を言いつつも、テイラーがティアナの肌を丁寧に化粧水で整えていくのを見て、オリヴィアはひとまずほっとした。心配は尽きないが、なんとか第一歩を踏み出した感じだ。

「じゃあ、あとは頼むわねテイラー。わたくしは今のうちに書類を片づけてしまうわ」

オリヴィアが言うと、ティアナがちらりとライティングデスクに積み上がった書類を見た。

そして微(かす)かに目を見張ると、何も言わずに鏡に顔を戻したのだった。

☆

「それで、ええっと、フランだっけ？　うまくやってるの？」

次の日、オリヴィアの部屋に遊びに来たサイラスが、ちらりとティアナに視線を向けながら不安そうに訊ねた。

「まあ、なんとか……。テイラーの心労は増えたみたいですけど」

声を落としてサイラスの問いに答えつつ、オリヴィアは部屋の隅でギャーギャー言い合っているテイラーとティアナを一瞥(いちべつ)する。

今日はティアナがオリヴィアのお菓子をつまみ食いして、テイラーが激怒して喧嘩になった。

オリヴィアとしてはお菓子くらいで目くじらを立てなくてもと思わなくもないが、テイラーに言わせると「けじめ」というのが必要だそうだ。自由にされすぎて無法地帯になるのも困るので、テイラーの言い分もわかる。

オリヴィアとサイラスは今、城のオリヴィアの部屋でティータイムを過ごしている。

昼過ぎにオリヴィアの部屋でティータイムを過ごすのは、少し前からのサイラスとオリヴィアの日課だった。

ティアナが城に侍女として連れてこられて一日が経過したが、今のところ、彼女がティアナであることは周囲に気づかれてはいない。廊下ですれ違ったアランですら気が付かなかったのだから、なかなか完璧な変装だろう。

「あの調子で騒いでいたら怪しまれると思うんだけど」

「その辺はフランもわかっているので、部屋から外に出たら極力声を出さないようにしているみたいです。テイラーも部屋の外ではフランの動向に目を光らせてくれますし、今のところは大丈夫かと思います」

「ふぅん。……ちょっと前までは歩く騒音製造器みたいだったのにね」

少しは大人になったのかなというサイラスは、まだティアナに懐疑的だ。彼が密かにティアナの行動を探らせていることを知っているオリヴィアは苦笑するしかない。

オリヴィアもティアナの性格を熟知しているわけではないので、事態が今後どう転ぶのかは注視していかなくてはとは思っている。だが、子供たちを見るティアナの視線を思い出す限り、彼女が父バンジャマンの言う通りに行動するとは思えなかった。考えが甘いだろうか？

「まあ僕は、彼女をまだ許していないから、もし何か怪しい動きをするようなら容赦しないけど」

サイラスの綺麗なサファイア色の瞳が氷のように冷たい色を宿したのを見て、オリヴィアは肩をすくめた。

（ティアナはサイラス様が苦手みたいだから、あんまり怖い顔はしないでほしいんだけど……これはばかりは無理かしらね？）

サイラスはオリヴィアに敵意がある人間に厳しい傾向にある。守られているようで嬉しいのだが、現在ティアナはこちら側。過去のことを水に流せとは言わないけど、少しだけでもいいから歩み寄ってほしい。

「だからオリヴィア様のお菓子は勝手に食べたらダメなんです！」

「じゃあわたくしもティータイムに参加させなさいよ！」

「あなたは侍女なんですから、主人と一緒にお茶をしたらダメだって昨日も言いましたよね!?」

「あんたたまにしてたじゃないの！」

「あれはお誘いがあったからであって、誘われていないのに勝手に割り込むのはダメです！」

（……あっちもなんとかならないかしら？）

あの調子で、公爵家でも喧嘩をしている。しかも一度喧嘩がはじまると長い。

困ったことに、イザックもティアナのことを嫌っているので、テイラーが彼女に対して怒っても注意もせず知らん顔だ。母ブロンシュも、テイラーが騒いでいるのが珍しいのか、面白そうな顔をして何も言わない。ほかの使用人たちに至っては、ティアナが来たその日にいろいろ洗礼を受けて苦手意識を持ってしまって、極力近づかないようにしているから言わずもがな。

ちなみに金儲け（かねもう）けにしか興味のない兄ロナウドは、ティアナが金にならないと判断するや無関心。

オリヴィアが仲裁に入るようにしているものの、根本的に合わないあの二人が打ち解ける日は来ない気がしている。

「テイラー、フラン、あまり大きな声で騒いだら部屋の外まで聞こえてしまうわ。あと、お菓子はたくさんあるから、そっちのテーブルで休憩していいわよ。念のため、フランは窓にはあまり近づかないでね」

見かねてオリヴィアが口を挟めば、ティアナが「ふふん」と勝ち誇ったような顔をする。

テイラーが悔しそうに、頬を膨らませた。

「お嬢様！」

「テイラーも大声を出して喉が渇いたでしょ？」

「……それは、まあ」

さっそくお菓子が置かれている棚でお菓子を選びはじめたティアナを軽く睨んで、テイラーが諦めたように息を吐いた。

「お菓子は一つだけですからね！」

なんだかんだ言ってもテイラーは優しいので、ティアナに注意しながら二人分の紅茶を淹れはじめる。

（あの二人の場合、可哀そうだけどテイラーが折れるしかないのよね。……それに、ティアナのあれ、ちょっとカラ元気な気がするし）

口には出さないが、ティアナが孤児院の子供たちを気にしていることはなんとなくわかっている。いきなり城に連れてこられて、ろくに別れを惜しむ暇もなかっただろう。子供たちのことが頭を離れなくて、そんな自分にティアナが一番戸惑っているような気がする。だから、騒いで気分が落ち着くなら、多少なら大目に見たいとも思っていた。

「オリヴィアは本当、甘いね」

オリヴィアのティアナへの対応を見て、サイラスが苦笑する。

サイラスは甘いと言うが、オリヴィアは自分ではそれほど甘い性格をしているとは思っていない。必要とあらば誰かを切り捨てることだって、たぶんできる。妃教育を受けていたときに、為政者の心構えは徹底的に叩き込まれたから、本当に必要であれば犠牲を出す選択をすることだってできるだろう。ただ、できれば誰も切り捨てたくないと思っているのも本当なので、そういうところが甘いと言われるのかもしれないけれど。

「それであの手紙のことだけど、出発前にリッツバーグに筆跡鑑定してもらった結果、バンジャマンのもので間違いなかったよ」

リッツバーグは筆跡鑑定までできるらしい。彼もなかなか多芸だ。そのリッツバーグは、今朝からどこかへ出かけているらしい。

「バンジャマンがいるのは東の国境のあたりでしたよね？」

「うん、エバンス公爵領だ。そこでスルベキア国との間の国境の壁を作る労役についている」

「エバンス公爵領……」

これは偶然だろうか。

オリヴィアはふと気になったが、囚人の労役場所を決めるのは基本的に国王や大臣たちだ。ティアナの場合はバーバラの一存で動かしたが、それは彼女が王妃だから無理ができたことであって、第三者が自由に動かせるものではない。ならば、バンジャマンがエバンス公爵領にある国境付近に送られたのはただの偶然で、エバンス公爵その人が関係している可能性はないはずだ。

「囚人同士のやり取りは禁止されていますが、罪に問われていない家族への手紙は原則認められていますから、バンジャマンがレターセットを手に入れることは可能でしょうね」

「だがそれを使って書いた手紙を、誰が運んだか、だ。検閲から漏れているということは、バンジャマンが書いた手紙をそのまま受け取り運んだと見ていい」

「はい。その誰かが問題ですね。単純に考えるならば、ティアナと接触した監察官が怪しいですけど」

「だがエバンス公爵領から王都まではそれなりに距離がある。そして監察官は仕事中、振り分けられた地域からむやみに移動できない。城への報告も報告書一枚だから本人が移動する必要もない。調べたところ、ここ最近でまとまった休みを取った監察官はいなかった。もちろん無断欠勤者もだ」

鉄道を使えば数日で移動できるとはいえ、数日は休まなくてはならない。休みを取った監察官がいないのならば、ティアナに接触した監察官は監察官を装った偽物だ。

「その男、どうにかして探せないでしょうか」

「そうしたいのは山々だけど、ティアナが覚えているのは灰色の髪をした男というくらいだろう?」

灰色の髪という特徴を持った男が、国にどれほど存在するか。無数に存在するその特徴を持った男を全員城に集めてティアナに確認させるのは不可能だ。

「バンジャマンに話を聞くことができればいいんですけど」

バンジャマンの背後にいるのが誰かわからない状況で、その行動は得策ではない。こちらの動きが筒抜けになるし、ティアナが裏切ったことが相手に知られてしまう。

「ティアナにしたようにバンジャマンを移動させることができればあるいは、というところだけど……もう一つ、気になる情報があるんだ」

「なんですか?」

「まだリッツバーグが探っている段階なんだけど、バンジャマンがいるスルベキア国との国境付近の労役地で、結構な頻度で囚人が消えているそうだ」

「消えている、ですか?」

「理由はわかっていないようだけど、リッツバーグが調べた限り囚人の人数が合わないらしい。ただ、エバンス公爵家からはその報告は上がっていない。おかしいと思わない?」

「……囚人がいなくなったこととエバンス公爵家になんらかの関わりがある、ということでしょうか」

囚人がいなくなったのに、国に報告がされていないのはおかしい。意図的に隠蔽(いんぺい)しているのならば何かあるのは間違いなかった。

「バンジャマンの件と関係があるんでしょうか？」

「わからないけどね、可能性はあるんじゃないかな」

エバンス公爵家が絡んでいる可能性があれば、なおのこと表立って動きにくい。

（調べたいのに動けないなんてもやもやするわ）

「この件はリッツバーグの追加報告を待つしかないだろうね」

サイラスとオリヴィアがお互い顔を見合わせて嘆息したとき、部屋の扉が叩かれてテイラーが顔を上げた。

念のためティアナに部屋の隅に移動してもらい、扉を開けると、そこにはバーバラが立っていた。どこか緊迫した表情をして、侍女を二人従えている。

「母上？」

サイラスが目を丸くしたが、バーバラは何も言わず、侍女二人が抱え持っている書類の束をテーブルの上に置かせると、二人を部屋の外で待たせて扉を閉める。

バーバラはオリヴィアとサイラスを順番に見て、厳しい顔のまま言った。

「その書類は見たことがありますね？　エバンス公爵領の過去の収支報告書です。あなたに預けておきます。大臣には内々に話を通していますので、しばらく持っていて構いません。わたくしの気づきもいくつか紙に書いて挟んでありますから時間のあるときに確認なさい」

「母上、どうされたんですか？」

ただ事ではない様子にサイラスが腰を浮かせる。

バーバラは悔しそうに顔をゆがませて、大きく息を吐いた。

「狐ババアにしてやられました。わたくしのお兄様……レプシーラ侯爵に謀反の嫌疑がかけられています。わたくしは急ぎレプシーラ侯爵領へ向かわなくてはなりません。だから、オリヴィア、あなたのお手伝いはここまでになりそうです」

「謀反!?」

レプシーラ侯爵は穏やかな人で、バーバラが王妃になってからは要職を辞して政には口を出していない。

バーバラとはもちろんのこと、ジュールとも仲が良くて、とてもではないが謀反を計画する人には思えなかった。

バーバラは王太后の罠だと言うが、それにしてはあまりに急すぎる。

「どういうことですか母上！」

「お兄様に限って謀反などあり得ません。ただ、武器を買い漁っている証拠があると……もちろん、嘘に決まっています。明細を捏造されたんです。それが偽物だと証明できるだけの材料は揃っていません。わたくしは真偽を確かめるという名目で、兵を連れてレプシーラ侯爵領へ向かいます。ほかの人間に任せては、何が捏造されるかわかったものではありませんからね」

「明細があるんですか？」

「……大量の武器の購入明細書があるそうです。わたくしはまだ確かめさせてもらっていませんから詳しくはわかりませんが……このタイミングでそのようなものが出てくること自体おかしいでしょう」

領主は自衛のためであれば、武器の購入は認められている。国が指定する規模の範囲内にはなるが軍を持つことも可能だ。現にアトワール公爵領にも公爵軍が存在する。

しかしそれらはすべて、国に報告することを義務づけられている。

武器の購入明細が出たところで、それが国に報告されているものであれば問題はなかったはずだ。つまり、報告していない明細が出てきたということだが、バーバラの言う通り、このタイミングでそれが出てくるのは不可解すぎる。

武器というものは、みだりに販売を行ってはならない。

国が認可を与えた商会にのみ武器の製造と販売が許され、どこに何を販売したのか、正確に国に報告することが義務づけられていた。商会から上がっている販売記録と、購入した側の報告に不一致があればすぐにわかることだ。

この場合は不一致を指摘されて、罰金を払う程度で許される。謀反の罪に問われることはない。

武器の販売の認可が下りている商会からの報告は、三か月に一度、月頭に行われる。前回報告が上がったのは先月、次の報告が再来月であることを考えると、あまりに中途半端な時期での指摘だ。

報告されている以上の武器が購入されているとしても、それで謀反の嫌疑がかけられるのはおかしいし、商会の報告から一月以上が経ったこのタイミングでの判明もおかしい。

「……指定商会以外からの購入履歴があった、ということでしょうか」

「そうかもしれませんが、お兄様がそのようなことをするはずがないとわたくしは信じています」

「はい」

オリヴィアもそう思う。

レプシーラ侯爵は、闇ルートで武器を購入するような迂闊なことをする人ではない。もちろん謀反もないだろう。何者かに嵌められた可能性が高く、バーバラの言う通り、王太后の差し金かもしれない。まだわからないが。

(もし王太后様なら……王妃様を王都から遠ざけることが狙いでしょうね)

バーバラはオリヴィアの味方だ。グロリアがバーバラの存在を脅威と見てもおかしくない。

「心配しなくとも、わたくしにはわたくしの考えがあります。ただ、わたくしは当分の間レプシーラ侯爵領に滞在することになるでしょう。放り出すようでごめんなさいね」

バーバラはそっとオリヴィアの頬を撫でて、険しい顔をしているサイラスのほうを向いた。

「わたくしのことは考えなくて結構。サイラス、あなたは父親に似ているところがありますが、あの人と決定的に違うのは、何よりもオリヴィアを優先して守ろうとする意志だと思っています。自分の愛しい人は自分で守りなさい。いいですね。わたくしは、わたくしにしかできないことをします」

バーバラはそう言って、くるりと踵を返す。

いつも通り凜と背筋を伸ばして、何事もなかったような顔をして部屋を出ていったバーバラに、オリヴィアはきゅっと唇を噛んだ。

(わたしのせい……)

バーバラがオリヴィアに味方したから狙われた。

改めて感じる。これはある意味戦争なのだ。オリヴィアが負ければ、バーバラだってどうなるかわからない。本人は大丈夫だと言うが、あのバーバラが出し抜かれたのだ。バーバラの言う通りグロリアの策だとしたら、オリヴィアが想像していた以上にグロリアは切れ者だ。

「くそ！」

珍しく声を荒らげ、サイラスがテーブルに拳を打ちつけた。

振動でティーカップが倒れ、わずかに残っていた紅茶がテーブルの上に広がる。
オリヴィアはゆっくりと広がっていく紅茶を見ながら、ぎゅっと心臓の上を押さえた。

◆四　劣勢のタクティクス

バーバラは宣言通り、手早く荷物をまとめると、大勢の兵士を連れてレプシーラ侯爵領へ向けて出立した。

バーバラの出立にも、謀反の嫌疑がかけられているレプシーラ侯爵家についても、ジュールは一切の言及をしなかったという。

その様子を、静観というよりは、無関心と感じてしまったのはオリヴィアだけではないはずだ。

現にサイラスは苛立たしそうにこう言った。

——父上は完全におばあ様側についたということかもね。

妻であるバーバラではなく、母であるグロリアを取った。オリヴィアにも、そう見えた。

なぜならジュールは、レプシーラ侯爵領へ向かうバーバラに一言もかけなかったからだ。

バーバラもそれが当然という顔をして、ジュールを振り返ることなく馬車に乗り込んだ。

まるで夫婦の間に、大きな亀裂が生まれてしまったかのように、二人は互いに視線すら合わせなかった。

その様子は、ジュールがバーバラを見限ったようにも、その逆にも見えて、オリヴィアは今朝の様子を思い出すだけで胸が痛んだ。

どんよりと重たい空気がサイラスの部屋に落ちている。

オリヴィアもなんと声をかけていいのかわからずに、ただ彼に寄り添った。

「僕はたまに父上がわからなくなるよ。……どうして母上を守らなかったんだろう」

今回の件で、サイラスはジュールに大きな不信感を抱いてしまったようだ。

気持ちを切り替えないといけないのはわかっているが、オリヴィアもちょっと冷静になれない。

オリヴィアが知る限り、バーバラは国で一番頭のいい女性だ。賢くて、凛としていて、度胸もあって――オリヴィアが完璧だと思う女性。

その完璧な人が、策に嵌められた。

困ったときにオリヴィアを導いてくれる存在を奪われて、どうしていいのかわからなくなる。

なんだろう、すごく強いチェスのプレイヤーと勝負して、その完璧なタクティクスを前に手が止まってしまったときに似ていた。冷静になりたいのに焦って、間違った駒を動かしそうになる、そんな感じ。

冷静にならなくてはと思うのに、思えば思うほど余計に焦って、まるでもがけばもがくほど沈んでいく底なし沼に足を取られてしまったようだった。

(これと似た感覚、知っているわ)

本気のバーバラとチェスをしたとき、似たような気持ちを味わったことがあった。

焦燥に駆られるオリヴィアを前に、バーバラはゆったりと構えている。そういうときは、相手が余裕であれば余裕であるほど焦りが生まれて、それがさらに相手を有利にさせることを、オリヴィアは知っている。

オリヴィアは何度も自分に言い聞かせる。

（落ち着かないと。まだ大丈夫）

バーバラというクイーンは奪われてしまったが、まだチェックメイトではない。冷静に駒を進めれば、きっと相手のキングが見えてくるはずだ。

「サイラス殿下、アラン殿下がお見えです」

コリンの声にハッとした。

オリヴィアとともにサイラスの部屋を訪れていたティアナを、テイラーが慌てて扉の陰になる場所に移動させる。アランはティアナがここにいることを知らないのだ。

コリンがティアナが移動したのを確認して扉を開けた。

「心気臭い顔をしているな」

「兄上。……それは？」

アランは手にチェス盤を持っていた。

そのチェス盤には見覚えがあった。バーバラの部屋にあったチェス盤だ。バーバラのチェス盤の側面には、アランとサイラスが子供の頃に描いた小さな落書きが残っている。使っているうちに落書きも薄れて、よく見ないとわからないくらいになっているが、バーバラはその落書きを「思い出」と言った。大切な思い出だから、買い替えたり、落書きを消したりせずに使い続けているのだと。

アランはチェス盤をテーブルの上に置いて、オリヴィアを見た。

「母上からだ。オリヴィアにこれを渡せと。よくわからんが、冷静になるにはチェスが一番だと言っていたな。あと、この紙も預かっている。ええっと、『この配置でクイーンが取られた状況に並べろ』だそうだ。黒がお前だ」

黒――すなわち後手がオリヴィア。

チェスは後手よりも先手のほうが勝率が高いと言われている。その状況でクイーンまで奪われた後手は、見るからに劣勢だ。

「普通のチェスとはプレイの仕方が変わるが、相手がどこに攻め込んでくるか見ながら動かしていけ、だそうだ。チェスと現実は違うが、相手の動きを冷静に把握するにはうってつけだそうだぞ」

「なんで母上が兄上に伝言を？」

「母上が出立する前、ちょっと用があって母上の部屋に行ったからな。そのついでに言付かった。あとそれから、お前たちはしばらく書類仕事をしなくていい。私に全部回せ」

（え？）

オリヴィアは思わず自分の耳を疑った。

ちょっと前まで、書類仕事がものすごく嫌いで、適当な理由をつけてはさぼっていたアランである。最近は真面目に仕事をしているが、嫌いが好きに変わったわけではないだろう。どういう風の吹き回しだろうか。

驚くオリヴィアとサイラスに、アランは心底不満そうな顔をした。

「なんだ、私が仕事をするというのがそんなに珍しいのか」

「うん」

サイラスが素直に頷くと、アランのこめかみに青筋が浮いた。

だがアランには珍しく怒鳴り返したりせず、紙に書かれている通りにチェス盤に駒を並べているオリヴィアを見て肩をすくめる。

「おばあ様が動いていると聞いた。オリヴィアの世間の評価が問題にされているんだろう？……それなら、私にも責任があるからな。だからお前たちが自由に動けるように手助けくらいはしてやる。私にできることは限られるがな。それに、お前たちに振り分けられている仕事は、もともと王太子が一人で行う量だ。お前の婚約式のときに身分を返上するとはいえ、私はまだ王太子だからな」

「でも兄上、全部自分で引き受けたら、大好きな剣術の稽古も馬術の稽古もする暇がなくなると思うよ」

「ぐ……。どうせお前たちの婚約式までの話だろう。そのくらいなら我慢できる。それに、宰相も珍しく私に協力的だからな」

「お父様が？」

「ああ。娘に迷惑をかけたのだからそのくらいして当然だとかぬかしやがった。私一人でもぎりぎり処理できる程度に仕事は調整してやるとも言っていたな。嫌味か？」

「そ、それは……父が申し訳ありません」

イザックもなかなか怖いもの知らずである。宰相とは言え、王子に対してその口の利き方はどうだろうか。だが、言い方はともかく父がアランに協力的なら、アランに回される仕事のほうは大丈夫そうだ。アランに回さない分、ジュールにそれとなく上乗せされるだろうが。

「だからお前たちはおばあ様の相手に集中してろ。さすがに今回は、私も我慢ならない。ただ、私がおばあ様に真っ向勝負を挑(いど)んでも勝てないからな、その相手はお前たちに任せる。その代わり、父上が下手に手出ししないように見張っていてやる」

「兄上には無理だよ」

「お前はたまには兄を敬(うやま)う気持ちを持ったらどうだ!?　心配しなくても、これでも父上の性格はお前よりも知っているつもりだ」

「そうなの？」

「知らないだろうが、俺はオリヴィアと婚約を解消する前も、父上に幾度となく立場を追われそうになっていたんだぞ。母上と結託して阻んでいたがな。だから行動パターンくらいわかる」

（そんなことがあったの？）

　オリヴィアが啞然とすると、サイラスもあきれ顔をした。

「それでよくオリヴィアと婚約を解消しようとしたよね。まあ、僕としては願ったりだったけど」

「あのときはあれが最善だと思っていたんだ！　……あと、多少のことがあっても母上がなんとかするとも思っていた。いちいち蒸し返すな！」

「……今更だけど、僕たちって母上を当てにしすぎだよね」

「父上の腹の中が真っ黒だからな。父上を頼ると必ずと言っていいほど火傷することになるから、何かあれば自然と母上を頼っていたんだ。仕方ない」

「それについては異論はないけどね。僕も結局、兄上の婚約破棄騒動のとき父上を頼って、今こうして追い詰められているわけだし。ま、後悔はしていないけど。ただ、一度ぎゃふんと言わせてみたいよね。どうしたらやり込められるんだろう」

「そんなものは簡単だ。父上に痛手を負わせようと思えば、母上が父上に離縁を突きつければいい。たぶん立ち直れないくらい落ち込む」

「今回おばあ様側についておきながら？」

「言っただろう、父上は腹の中が真っ黒だと。まあ、私も確証があるわけではないが、あれはたぶん、おばあ様についたというよりは、もっと別のことを考えている。それに父上にしては珍しく機嫌がよさそうじゃない」

「父上の機嫌がなんの関係が？」

「知らないのか？　父上は何かを企んでいるときはいつもニヤニヤ笑っている。私もそれに気づいたのは最近だがな」

（言われてみたら確かに……）

アランが婚約破棄騒動を起こしたあの日も、ジュールはニヤニヤ笑っていた。けれども今回は全然笑わない。むっつりした顔で考え込んでばかりだ。

（陛下も、思い通りに事が運んでいないということかしら？）

ジュールは、多少強引な手段を取ってでも物事を自分が望むように仕向けるタイプだ。

そのジュールが思い通りにいかないなんて――今回の件は、まだ裏に何かあるのかもしれない。

「とにかく父上は私に任せて、お前たちはお前たちがすべきことをしろ。いいな」

アランはオリヴィアが紙に描かれている通りに駒を並べたチェス盤を見下ろして、ぽつりと「次で相手のクイーンを狙ったら負けるぞ。取らずに逃げろ」と言って去っていった。

オリヴィアはチェス盤を見下ろして、「逃げても三手先で負けるのよね」と、息を吐き出した。

☆

バーバラが腰をかけている揺り椅子のすぐそばで、パチパチと暖炉の火が小さな音を立てている。

レプシーラ侯爵領にある侯爵邸の一室で、バーバラは一人チェス盤に向かっていた。

ブリオール国王都レグザムより北東に馬車で五日。

王都ではまだ雪は降っていなかったが、レプシーラ侯爵領では二週間前に初雪が降ったそうで、今も窓の外には粉雪が舞っている。

このチェス盤は、レプシーラ侯爵家に到着してからすぐに兄から奪ったものだ。白と黒の駒を出立前にアランに託した紙の通りにそれぞれ並べると、バーバラは難しい顔で唸る。

（やっぱり……この一手には矛盾があるわ）

（あの狐ババアがこんな妙な手を打つはずがない。……何を企んでいるの？）

グロリアは昔からいけ好かなかった。

ジュールと婚約中も結婚してからも、何かにつけてバーバラに嫌がらせをしてきたグロリア。

それでも、ジュールが王になってからはおとなしくなったほうだった。

理由は知らないが十二年前に突然王都を去ったとき、バーバラはこれでようやくストレスから解放されると安堵したし、実際この十二年、グロリアは政に口を出してこなかった。

レネーンをサイラスに、という話は何度かされたが、だからといって強引な手段に出られたことはない。

(どうして今になって口を出してきたのかしら?)

グロリアに指摘されなくとも、オリヴィアに付きまとっている悪評には、バーバラも早急に手を打つべきだとは思っていた。

アランの発言が招いた結果だが、それを今日まで放置していたことにはオリヴィアにも責任がある。それはバーバラもわかっているし、オリヴィア自身も理解していることだろう。

だが、それを差し引いてもオリヴィアは優(すぐ)れた女性だ。バーバラが手を打たずとも、悪評など数年もあればひっくり返してしまうだろうし、裏から手を回せば、それこそ一年もかからずにどうにかできる。

はっきり言って、ブリオール国内の未婚の令嬢でオリヴィア以上に優れている女性はいない。

グロリアもバカではないのだから、彼女を少し見るだけでそれは理解できるはずだった。

グロリアがいくら身内のレネーンが可愛くとも、レネーンは王妃の器ではない。それがわからないグロリアではないはずなのに――これほど強引な手を使ってきたのはなぜだろう。

「バーバラ、入るよ」

眉を寄せて頭を悩ませていると、兄のレプシーラ侯爵が部屋に入ってきた。

「頼まれていた件だけど調べがついたよ。あと、サイラス殿下のところのリッツバーグだっけ？　彼からも情報が入っている」

「リッツバーグから？」

「サイラス殿下が情報をバーバラにも共有するようにって指示を出したらしいよ」

バーバラがレプシーラ侯爵家に到着したのは今朝のことだ。どうやらサイラスはバーバラがレプシーラ侯爵領行きを告げてからすぐに動いたらしい。

レプシーラ侯爵家にかけられた嫌疑には間違いなくグロリアやエバンス公爵が関わっているだろうから、サイラスが情報をよこしてくれるのは非常に助かる。

兄が持ってきた紙の束を確認したバーバラは、大きく目を見開いて顔を上げ、それから大きく舌打ちした。

（あの狐ババア！　だから嫌いなのよ！）

ばさりと紙の束をチェス盤の上に叩きつけたバーバラに、兄がギョッとした顔をした。

「ど、どうしたの、バーバラ？」

バーバラは兄を振り向いて、憤然(ふんぜん)として答えた。

「黒のクイーンは奪い取られていなかったってことですわ！」

☆

相手が打ってくる次の一手としては、可能性は認めていたが、本当に打ってくるとは思わなかった。

オリヴィアは城の部屋から窓の外を見下ろして、その光景から目を背けるようにライティングデスクの上のチェス盤に視線を戻す。

オリヴィアの横では、テイラーとティアナが窓に張りつくようにして庭を眺めていた。ティアナには窓に近づくなと言ったのに、全然聞いていないようだ。

「誰かと思えばレネーン・エバンスじゃないの。なんであの女がお城に部屋を賜れるわけ？」

「まったくです。図々しいにもほどがあります。だいたいなんですかあの自己管理のなっていない体型！」

「去年よりもまん丸くなったわね。コルセットが役に立ってないわ。てゆーかだっさい髪型ね。巻くならしっかり巻きなさいよ」

「あれは最近流行りのゆるふわってやつです。似合ってませんけど」

「へー？　ゆるふわ？　ますます顔がまん丸に見えるわ。膨らみすぎたマカロンみたい」

「クリームがはみ出してますね」

「あの顎？」

「そうです」

（この二人いつの間に仲良くなったのかしら……？）

今朝まで舌戦（ぜっせん）を繰り広げていたはずなのに、窓の外にレネーンが登場してからなぜか意気投合してずっとこの調子だ。

本日オリヴィアが登城したとき、レネーン・エバンス公爵令嬢の部屋が城に用意されたと聞かされた。グロリアが強行したそうだ。レネーンに自室まで押しかけられたサイラスが仕方なく庭に連れ出して、寒空の下、かれこれ一時間も散歩をしていた。

およそ一か月後に迫ったサイラスの婚約式。

そのときにレネーンを相手にねじ込むつもりなら、早めの根回しが必要だ。

ゆえに、レネーンをサイラスのそばに置き、周囲に彼女の存在を知らしめるのが狙いだと思われる。それから、オリヴィアとサイラスの行動への牽制（けんせい）と監視。レネーンを口実にグロリアが城に来る頻度も上がるだろうから、一層気を引き締めないといけない。

それにしても、テイラーはまだしも、ティアナまでレネーンを毛嫌いしているとは思わなかった。当たり前のように二人で悪口を言っているが、これは止めるべきだろうか。さすがに人の外見をとやかく言うような悪口はダメだと思う。最近の貴族令嬢たちの間ではスレンダーな体型が流行りだが、人それぞれなので、猫も杓子（しゃくし）も痩せているべきだという理念は間違っている。批判すべきことではない。

「二人とも、そのくらいにしておいたほうがいいと思うわ」

「なんでよ、オリヴィア様だって嫌いでしょ？　ほら見てよ。あの女、サイラス殿下の腕にくっついてるわよ。あれ浮気じゃないの？　背後から蹴飛ばしてやりなさいよ。図々しい」

「まったくです。サイラス殿下はオリヴィア様のものなのに、べたべたくっつかないでほしいですね」

「あの女昔っからああなのよ。ちょっと王太后様と血のつながりがあるからってホント偉そうで鼻につく女だったのよね。陰険だし！　雪に滑って転んでしまえ」

「いいですね！　転べ！」

「転べ！　転べ！　転べ！」

「二人ともやめなさいってば。本当に転んだらどうするのよ」

呪いのように「転べ！」と繰り返す二人にオリヴィアは額を押さえた。

今は晴れているが、昨日の夜に降りはじめた初雪が庭にうっすらと積もっているのだ。解けかかっている雪は滑りやすい。

オリヴィアは立ち上がり、二人を強引に窓際から遠ざけた。

おとなしくさせようとお菓子の箱を差し出すと、ティアナがそこからクッキーを取り出して頬張る。

「というかどうなってるのよ。平然としてるってことはレネーンが城にいる理由知ってるんでしょ、オリヴィア様」

「どうでもいいですけどフランはお嬢様のことはオリヴィア様って呼ぶのに、レネーン様のことは呼び捨てなんですね」

「身分はあっちが上でもあの女に様付けなんて死んでも嫌よ。わたくしの中で嫌いな女断トツ一位なのよ」

知らなかった。オリヴィアはティアナに嫌われていた自覚があるが、ティアナにはオリヴィア以上に嫌いな令嬢がいたらしい。

「フランはなんでそんなにレネーンが嫌いなの？」

「オリヴィア様、さっきの話聞いていなかったの？　あいつは陰険で偉そうな女なのよ。すぐ自慢話をはじめるし。このルビーはお父様に買っていただいたの。『このドレス、大叔母様に頼んで大人気のマダムに作っていただいたのよ。このルビーはお父様に買っていただいたの。そうそうこの前のわたくしの誕生日にはアラン殿下とサイラス殿下のお二人がお祝いに来てくださったのよ。そのときにアラン殿下からはこのリボン、サイラス殿下からはこのブローチをいただいたの。ごめんなさいね、わたくしが一番目立ってしまって。おほほほほ』。いつもこの調子よ！　ちなみにドレスもルビーもリボンもブローチもちっとも似合ってなかったわ！　ふんっ！」

「そ、そんなことがあったかしら……？」

「オリヴィア様は女の集まりにほとんど参加していなかったじゃないの。まあ、オリヴィア様が来たらさすがのレネーンも黙ったでしょうけどね。なんたってアラン殿下の婚約者だったし。

そうそう、しかもあの女、嫌なことがあるとすーぐ王太后様に泣きつくのよ！」

　これは根が深そうだ。

　箱を抱えたまま、ばりばりとクッキーをむさぼるティアナに、オリヴィアはやれやれと肩をすくめる。テイラーはこの件についてはティアナに同意の姿勢で、隣で何度も頷いていた。

「で、話は戻るけど、なんであの女、サイラス様にくっついてるわけ？　そしてオリヴィア様はなんであの女の好きにさせてるの？　自分のものでしょ。レネーンなんて蹴散らしてきなさいよ。お得意の余裕そうな微笑みで！」

「そうですよお嬢様！　お嬢様はお美しいんですから、にこりと微笑めば大抵の女は怯みますよ！」

「…………」

　オリヴィアの笑顔が引きつる。

　口喧嘩をしているのも困りものだが、意気投合して「打倒レネーン」みたいになっているのもとても困る。特にこの二人は、怒っているときは過激だから。

　レネーンまで登場すれば、これ以上ティアナに黙っているのは無理そうだった。

　仕方なくオリヴィアがかいつまんで、オリヴィアが置かれている現在の状況を説明すると、ティアナはあんぐりと口を開けた。

「はあ？　何それ？　本気？　オリヴィア様をサイラス様の婚約者の地位から外すにしても、

レネーン？　あいつよりましな女はほかにたくさんいるじゃない！　たとえばオリバー伯爵のとこのモニカとか、アドコック公爵のとこのジャクリーン様とか！　レネーンより何倍も美人だし頭もよさそうじゃない！　わたくしは両方嫌いだけど」

「フランは自分より美人は大抵嫌いっていうタイプですか？」

「だったら何よ、女なんてそんなもんでしょ!?」

「あなただけだと思いますよ」

「じゃあ何よ。テイラーはどんな女が嫌いなのよ」

「決まってます。オリヴィア様の敵です」

「だったら王妃様付きの侍女に二名ほどいるじゃない」

「あのお二人は王妃様の侍女から外されましたよ」

「そうなの？」

「はい。スカッとしました！　ざまあみろってやつです。というかフランはオリヴィア様の敵に詳しいんですか？」

「まあね。オリヴィア様の悪口言ってたやつは大抵知ってるわ。だってそこからオリヴィア様情報を仕入れていたんだもの」

（わたし、情報収集されてたの？）

陰口を叩かれていたのは知っていたが、あちこちで叩かれていた陰口をティアナが集めていたとは知らなかった。というか、バカのふりを続けていた頃のオリヴィアは周囲からの評価を気にしなさすぎた。気にしていては身がもたなかったということもある。他人がどれだけオリヴィアを愚者と罵ろうと、オリヴィアはその演技をやめることができなかったからだ。

「レネーンも大っぴらに言っていたわよ。バカだのなんだの。そして必ずこう締めくくるの。『まあ、いずれわたくしと結婚したサイラス様が王になられるでしょうから、構わないわ』。その大好きなサイラス殿下がオリヴィア様を選んだときはさぞ悔しかったでしょうね。ぷっ！　あ、オリヴィア様クッキーがなくなったわ。新しいの開けていい？」

「それはいいけれど……フラン、そんなにクッキーばかり食べて喉渇かないの？」

「確かに渇いたわね。テイラーお茶淹れてよ」

「たまには自分でしたらどうですか!?　あなた一応侍女ですからね!?」

「オリヴィア様のも淹れるんでしょ？　だったらついでに淹れてくれてもいいじゃない。それとも三人分わたくしが淹れるの？　どうしてもって言うなら淹れてもいいけど、わたくしが淹れると不味いから二度とオリヴィア様のお茶を淹れるなって言ったのテイラーでしょ」

「つくづく思いますけどフランは本当に口がよく回りますね！」

「ありがとう」

「褒めてません!!」

テイラーではないが、オリヴィアもティアナは本当によく喋ると思う。グロリアに追い詰められているはずのこの状況でもあまり悲観しないでいられるのは、にぎやかなティアナの存在が大きい。ティアナと話をしていると、不思議と、物事はオリヴィアが思っているよりもよほど単純なのではないかと思えてくるのだ。

サイラスはオリヴィアのもの。奪われそうだから蹴り飛ばして牽制してこい。そうできたらすっきりするだろうなと、ちょっとだけ思う。

（蹴り飛ばすかどうかは置いておいても、きっとティアナなら、自ら牽制しに行くんでしょうね）

難しいことは考えず、感情の赴くままに。

そんなティアナが、少しだけ羨ましいと感じたオリヴィアだった。

夕方になって、オリヴィアがアトワール公爵家へ帰る準備をしていると、疲れた顔でサイラスがやってきた。散歩を終えてからも、この時間までずっとレネーンに張りつかれていたらしい。

「オリヴィア、今から帰るんでしょう？　邸まで送るよ。というか送らせて」

アトワール公爵邸は城から近く、馬車を使えば数分で到着する。わざわざ送ってもらうほどの距離でもないのだが、ほんのわずかな間でも城から離れたいと願うサイラスの気持ちが透けて見えて、オリヴィアは苦笑した。

「はい。よろしくお願いします。テイラー、フラン、わたくしはサイラス様に送っていただくから、公爵家の馬車で先に帰っていて大丈夫よ」

「わかりました！」

サイラスとレネーンにやきもきしていたテイラーは満面の笑みで頷いて、ティアナとともに先に部屋から出ていく。

「フランとテイラー、なんか仲良くなった？」

「あー……共通項というか、まあ、そんなものがあったようで」

共通項というよりは共通の敵と言い換えてもいいけれど。

オリヴィアが言葉を濁すと、サイラスが不思議そうに首を傾げる。

オリヴィアが簡単に、二人ともレネーンが好きではないようだと告げると、サイラスは「なるほどね」と笑った。

「それで意気投合したんだ」

「はい。困ったことに」

「いいんじゃない？　フランはともかくテイラーは心得ているから、他人の耳があるところでは騒がないだろうし」

レネーンはサイラスの親戚なのに、テイラーたちが悪口を言っても気にならないようだ。

サイラスは基本的には誰にでも優しいので、レネーンにも笑顔で接しているが、嫌いとまではいかなくとも苦手意識は持っていそうな雰囲気だ。

(こんなことを考えるのはダメだとわかっているけれど……サイラス様がレネーンのことが好きじゃなくて、よかった)

ティアナが言ったからではないけれど、サイラスがレネーンと庭で散歩をしているのを見たときは少しもやもやした。サイラスはオリヴィアの恋人なのに、堂々と腕を組まないでほしいと、ちょっと嫉妬もした。

だからだろう、サイラスがレネーンを好きではないとわかると、安心してしまう自分がいる。サイラスのことは信頼しているけれど、それと嫉妬とは別物だ。やっぱり、好きな人には自分だけを好きでいてほしい。

城の玄関へ向けてサイラスとのんびり廊下を歩いていると、前方からグロリアが歩いてくるのが見えた。

オリヴィアとサイラスが足を止めると、グロリアも足を止めて、サイラスへ冷ややかな視線を向ける。

「もうじき晩餐だというのに、どこへ出かけるつもりですか?」

「晩餐の時間までには戻りますよ」

サイラスがにこりと微笑んで、さりげなくグロリアからオリヴィアを守るように回り込んで答える。

「おばあ様こそ、夕食の時間に間に合うようにお帰りになったほうがよろしいのでは？」

「わたくしは本日陛下にお招きいただいておりますから、レネーンとともにこちらで晩餐をいただいて帰ります」

「そうですか。ではお邪魔でしょうから、僕は本日の晩餐は欠席させていただきますね」

「レネーンの歓迎の晩餐ですよ。あなたがいなくてどうするの」

「さて、なんの歓迎でしょうか。親戚の人間が遊びに来るたびに歓迎の晩餐会を開くような習慣はなかった気がしますけどね」

「サイラス！」

「それでは急ぐので失礼します」

サイラスは笑顔のまま会釈をして、オリヴィアの手を引いて歩き出す。

オリヴィアは去り際にグロリアに頭を下げたが、じろりと睨まれてしまった。

オリヴィアは立ち止まったままサイラスとオリヴィアに視線を向けているグロリアの存在が気になって仕方がなかったが、サイラスは振り返りもせずに足早に廊下を進んでいく。

エントランスホールまで降りて、用意されていた馬車に乗り込んだところで、顔に張りつけていた彼の笑顔が剝がれ落ちた。

「はあ。まったく、なんなんだろうね」

ぐったりと、えんじ色の座席の背もたれに体重を預ける。

護衛のためコリンも馬車に乗り込むと、サイラスとオリヴィアの対面に座ったコリンに、サイラスはできるだけゆっくり馬車を進めてほしいと告げた。御者台に向かってコリンがその通りに指示を出し、馬車がゆっくりと動き出す。

「どこまで強引な手段でくるんだか。レネーンはね、今日から城に泊まり込みらしいよ。妃教育を受けるんだってさ。妃教育の教育官以外にも、おばあ様が直々に教えると言っていたね」

なるほど、レネーンの教育を口実にグロリアは毎日城へ通ってくるということか。

城にバーバラがいない以上、グロリアを止められるのはジュールだけだが、レネーンの滞在もグロリアが城へ通うことも許したとなると、止める意思はないと見た。

「それは……ワットール殿の血管が心配ですね」

コリンが微苦笑を浮かべる。

「もうすでに腹を立てていたよ。頭にきすぎて、うっかりモノクルを壁に投げつけて割っちゃったらしい。いくつかストックがあるから困らないとは言っていたけど」

オリヴィアは妃教育の教育責任者であるワットールの顔を思い浮かべた。

ワットールは、ダークグレイの髪をぴっちりと撫でつけた、ちょっと神経質な四十過ぎの教育官だ。幅広い知識を持っている優秀な教育官であるワットールには、オリヴィアもお世話になっている。オリヴィアは妃教育をすでに完了しているが、彼と討論するのはとても面白くて、週に数回時間を取ってもらっては様々な分野について語り合っていた。

「ワットール殿はオリヴィア様派閥ですからね」

聞き慣れない言葉に、オリヴィアは首を傾げた。

「コリン、その派閥とはなんでしょうか？」

「推しってことです」

「はい？」

「コリン、オリヴィアにはそれじゃあ伝わらないと思うよ。オリヴィア、簡単に言うと、君のことを大好きな人たちのことかな。兄上のところのバックスもそうだね。文官には多いんだよ、君のファン。特にオリヴィアは、昔から兄上の仕事を引き受けていたからね。君は兄上の命令で愚者のふりをしていたけど、君の本質に気づいて、評価している人間は君が思っているより多いよ」

「そ、そうなんですか？」

オリヴィアは急に恥ずかしくなって頬を押さえた。知らなかった。言われてみたら、オリヴィアに好意的な文官は多かった気がする。

(嬉しいけど、なんだか落ち着かないわ……)

オリヴィアに特別なことをしてきた自覚がないからこそ、周囲から評価されると、本当にそんな評価をもらってしまっていいのだろうかと思ってしまう。

「おばあ様もそれに気づいているだろうから、彼らの中でのレネーンの株を上げようって作戦もあるんだろうけど、さてさて、どうなることやら。勉強はできなくはないみたいだけど、勉強ができるからって優れているってわけでもないからねえ。母上は『知識だけは詰め込んだけどそれを使いこなせないバカ』ってよく言ってたな」

さすがバーバラ、手厳しい。

「今思えば、兄上が仕事を全部引き取ってくれて助かったかな。レネーンの評価を上げるために、僕のところに来た仕事をレネーンに手伝わせろとか言われていたかもしれないし。そうなれば二重チェックが必要になるから、手間で仕方がなかったよ」

「でもさすがに……ティアナがしたみたいに全部『可』で返さないと思いますけど」

「それはないだろうけど、レネーンの場合おばあ様と一緒で、自分の身内や都合のいいところにだけいい顔をするから、偏り(かたよ)が出るんだ。公共事業でそれをやられたらたまらないよ」

つまりはエバンス公爵家に都合のいいところにばかり便宜を図る(はか)ということか。

(それが政である以上、公平性を失ってはならない)

常に公平であれ。妃教育の最初に習う言葉だ。

王妃になる人間は、たとえ自分の身内であろうとも公平に扱い、状況によっては裁く覚悟と冷徹さが必要だと、オリヴィアは教育官だけではなく、父からも教わった。アトワール公爵家が罪を犯せば、その手で裁けと、そう言われて育った。

いついかなるときも公平で公正であるのは難しいことかもしれない。

人に感情がある以上、必ずそこに引っ張られる。

オリヴィアだって、もし本当に父や兄を裁かなくてはいけない状況に陥れば悩むだろう。迷うだろう。

情に訴えられれば、聞いてあげたくなるかもしれない。

けれども、どれだけ迷っても悩んでも、公平で公正であり続ける努力は怠(おこた)ってはならない。

人の上に立つとはそういうことだ。

しかしグロリアは違う。レネーンも違う。

グロリアは優秀かもしれない。けれど、オリヴィアがバーバラと決定的に違うと思うのはそこだ。きっとバーバラは、身内であろうとその手で裁ける。切り捨てるのではなく「裁く」。その覚悟を持っている。優しさはあるけれど決して甘くはない、それがバーバラだ。謀反の嫌疑をかけられているレプシーラ侯爵家に、本当にその罪があるならば、バーバラは間違いなくその手で裁くだろう。これは確信だ。

アランに婚約破棄されてから起こった一連の事件。

あのときも、バーバラが本気でアランをかばいにいけば、違った結果になっていたと断言できる。

バーバラはおそらくオリヴィアたちの動きにも気づいていた。そんなバーバラが横やりを入れて、レモーネ伯爵家の罪をアランに裁かせる形でアランの地位を脅かさない方向へ持っていくこともできただろう。

バンジャマンの罪をオリヴィアが暴いたあの場でバーバラが口を挟まなかったのは、アランとサイラス、そしてオリヴィアがそれぞれどのような動きをしてどのような結果を導き出すのかを探っていたからだ。

(最後の最後……アラン殿下が自分の手でバンジャマンのもう一つの罪を暴いて裁かなかったら……バーバラ様は最後、アラン殿下の王位継承権を奪っていたと思うわ)

王位継承権を返上したいと言ったアランをバーバラが踏みとどまらせたのは、アランの最後の行動によるところが大きいはずだ。

優しいけれど、甘いわけではなく——何があっても最後の判断は間違わない。バーバラは、そういう女性だ。それがブリオール王妃の「格」。

「そういうことだから、これからはおばあ様まで城にいるからね。城で大っぴらに相談できなくなるね」

サイラスの言葉に、オリヴィアはハッと我に返った。

そうだ。グロリアが城にいる以上、オリヴィアとサイラスの行動が知られる危険性がある。

コリンが少し考えてから口を挟んだ。

「その件ですが、アトワール公爵家を使われたらどうですか？　殿下もオリヴィア様も陛下の判断で婚約式まで関係性は保留にされていますから、恋人のところに遊びに行ったって、なんらおかしくないでしょう？」

「なるほどね。そうすればレネーンにもおばあ様にも邪魔されないってわけか。オリヴィアは今、書類仕事がないし、城に来る必要はないもんね」

「でもそうなればサイラス様が大変ではないですか？」

「大丈夫だよ。僕に回されていた仕事も兄上がやっているし。もともと午後から書類仕事をするために、必要な授業は午前に固めていたからね。仕事をしない分、午後には余暇がある」

サイラスに問題がないなら、その提案は願ったりだ。

婚約式まであと一か月ほどしか時間がない。

城でグロリアやレネーンの目を気にしながらだとどうしても集中できないので、集中できる環境で考えたい。

「城のオリヴィアの部屋にあるチェス盤とエバンス公爵領の収支報告書は、明日にでも僕がアトワール公爵邸へ持っていくよ。収支報告書の持ち出し許可も得ておくから安心して」

「ありがとうございます」

いつまでも後手に回っているわけにはいかない。

(劣勢を覆すだけのタクティクス……見つけてみせるわ。大丈夫、まだチェックメイトはされていないもの)

サイラスの隣に立つことを認められるだけの能力を――文句を言わせないだけの完全なる勝利を必ず手にしてみせる。

◆五　虎の尾

「チェックメイト。ジュール、あなた、弱くなったんじゃなくて？」

「母上が強すぎるんです」

ジュールはチェス盤を睨んで口をへの字に曲げた。

ジュールの白のキングを取れる位置に黒のナイトが置かれている。

ジュールは幼少期、グロリアにチェスを教わったが、思い返してみる限り一度も勝てたためしがない。チェスの腕だけならば、グロリアはバーバラよりも上だ。

子と母としてグロリアに向き合うのはずいぶんと久しぶりのことだった。

ジュールが王位についてからグロリアはジュールを「陛下」と呼び、こうして二人きりになれる場所以外でジュールの名前を呼ばなくなった。

母なりのけじめだということはわかっているが、やはりちょっと寂しい。

「母上、今も考えは変わりませんか？」

駒を片づけながら、ジュールが小さく訊ねる。

グロリアは薄く笑った。

「変わらないわ。だから、邪魔しないでちょうだいね」

ジュールは何かを言いかけて、けれど言ったところで無駄だと知っているから、黙ってそっと目を伏せた。

☆

「母上のメモを見る限り、確かにこのあたりのお金の動きはおかしいね」

「はい。寄付金の額があまりに多いんです。しかも決まったところに寄付されているみたいですね」

「普通はこれだけの金額が寄付に回されていたら、いろいろ疑われるはずなんだけどね。脱税工作とか収賄とか」

「ここ最近のものを見ても、なんの指摘も入っていないみたいですね」

「税務官も、エバンス公爵家相手だと下手を打てないからね。父上には報告を上げているはずだけど、見て見ぬふりをしているんだと思う」

アトワール公爵邸のオリヴィアの部屋でテーブルいっぱいに資料を広げて、オリヴィアとサイラスは難しい顔をしていた。

「寄付は孤児院と医療機関……慈善活動にしては桁が大きすぎる」

「しかも全部自領の施設ですね」

「このお金の動きは、十二年ほど前からはじまっているみたいだ。特にここ二、三年は額が増えているね」

「調べる価値はありそうです」

約束の婚約式の日まで一か月を切った。

残り一か月と期限が決まっている以上、闇雲に調べていくわけにはいかない。ピンポイントで怪しい部分を絞り込み、そこを重点的に調べ上げていかなくてはならないのだ。

このお金の流れについてはオリヴィアも最初から気になっていた部分ではあるが、正直、これだけでは決定打に欠ける気がしている。

オリヴィアは資料から顔を上げ、サイラスに訊ねた。

「お願いしていたものは手に入りましたか？」

サイラスも顔を上げ、部屋の隅に立っているコリンに視線を向けた。

「コリン。持ってきたものを」

「はい」

サイラスはコリンから一見お菓子の箱にしか見えないものを受け取った。しかし、蓋を開けると、中から出てきたのは紙の束だ。

「手に入れるのには苦労したけどね。刑務大臣が特別に貸してくれたよ」

「刑務部にあったんですか？」

「一応、謀反の嫌疑だからね」

そう言いながらサイラスが箱から取り出したのは、バーバラの兄、レプシーラ侯爵が購入したとされる武器の明細だった。

「……確かに、これが本当なら嫌疑をかけられてもおかしくない量ですね」

商人から武器を買い付けたときの明細書。はっきり言って、戦争を起こすのかと疑われてもおかしくない量の武器が購入されている。

しかも案の定というか、武器の販売が許可されていない商会からの購入だ。

オリヴィアは明細書にあった商会の名前を確認し、部屋の隅にいるテイラーを呼んだ。

「お兄様はいつ戻ってくるか知ってる？」

「ロナウド様でしたら、先ほどお戻りになったようですよ」

「よかった。呼んできてもらってもいい？」

「わかりました」

テイラーが部屋から出ていくと、サイラスが不思議そうな顔をした。

「オリヴィア、ロナウドを呼んでどうするの？」

「お兄様は商売ごとに詳しいですから。この商会のことを何か知っているかと思って」

「なるほどね」

アトワール家の長男、ロナウド・アトワールはお金儲けが大好きだ。

成人すると同時に父の反対を押し切って商売をはじめ、いくつも店を経営したり、出資したりしている。そのためあちこちの商会とつながりがあり、国内にある商会は大小問わずほぼすべて把握しているはずだ。何かしらの情報は持っていると思う。

ややして、妙に機嫌のいいロナウドが部屋にやってきた。今日は店の売上報告を受ける日だと言っていたからそのためだろう。最近ロナウドはオリヴィアを勝手に広告塔にしてぼろ儲けをしているのだ。

「どうしたオリヴィア。新しいドレスでも欲しいのか？　いくらでも用意してやるぞ」

そして用意したドレスを着て歩き回れというのだろう。宣伝のために。

オリヴィアは「はあ」と息を吐き出して首を横に振った。

「違いますよ。ちょっと見てほしいものがあって。お兄様、このクローレ商会について何かご存じないですか？」

「クローレ？　オリヴィア、どこでそれを？」

ロナウドはオリヴィアの手からひったくるようにして明細書を奪い取り、すっと目をすがめる。

「ロナウド、クローレ商会を知っているの？」

明細書に視線を落としたまま押し黙ったロナウドにサイラスが訊ねると、ロナウドは顔を上げずに答えた。

「ええ。知っていますよ。いい噂は聞かない商会ですからね。オリヴィア、悪いことは言わない、ここには不用意に関わるな」

「でも、その明細を見たらわかるように、王妃様の――」

「だとしたらなおのこと、だ。レプシーラ侯爵家に嫌疑がかけられていることは私も父上から聞いて知っている。父上はレプシーラ侯爵家は白だろうと言った。父上以外にもそう思っている大臣は多いだろう。私もこの明細書を見て確信したくらいだ」

「待ってお兄様。明細書を見て確信したってどういうこと？」

「気づかなかったのか？　筆跡を見てみろ」

「……筆跡？」

オリヴィアはロナウドから明細書を受け取り、サイラスとともに覗き込んだ。

明細書には購入者のサインと、販売元であるクローレ商会の代表者のサインがある。

オリヴィアにはロナウドが明細書の何に疑問を持ったのかがわからなかったが、サイラスは気づいたようだった。

「このサインは違う。伯父上のサインじゃない」

「え、そうなんですか？」

オリヴィアが目を丸くすると、ロナウドが頷いた。

「私もレプシーラ侯爵とは何度か商品のやり取りをしたことがある。侯爵は字に癖があってね。

字が右上がりで、Ｐの字の縦の棒がＬのように右側に撥ねるんだ。でもそのサインはその二つの特徴のどれも出ていない。だから侯爵本人のサインじゃない。それからもう一つ。サインに使ったペンが同じだ。文字の太さとインクの色もね。これだけ大きな取引が本当に行われていたとしたら、侯爵が店に足を運んだとは考えられない。普通なら商会の人間がサインをした明細書を持って侯爵家へ出向き、そこでサインをもらう。そうなればペンもインクも変わるはずだ。同じインクで、同じ細さの線が出るはずがない。私でもわかるくらいだ、鑑定に出せば一発だろう」

「じゃあ、それを証言すればレプシーラ侯爵家にかけられた嫌疑は晴らすことができますよね？」

「オリヴィア、人の話はきちんと聞け。私はクローレ商会には手を出すなと言った。父上と大臣がわかっていてそのままにしている意味を理解しろ」

ロナウドの険しい表情に、オリヴィアはごくりと息を呑んだ。

「…………お兄様、クローレ商会って、どういうところですか？」

「表向きは食器類を販売しているが、裏の顔は武器商人だ。クローレ商会に喧嘩を売って潰された商会や貴族を私は大勢知っている。無闇に手を出すな。最悪命を取られるぞ」

オリヴィアは再び息を呑んだ。

ロナウドはちらりとサイラスを見て、そしてあまり言いたくなさそうな顔で付け足した。

「オリヴィアが王太后様とエバンス公爵を相手に何かしようとしていることは知っています。だから教えますが、できれば直接喧嘩を売るのは避けてください。……クローレ商会は、最初の拠点はカルツォル国だったはずですが、数年前にエバンス公爵領内に移動しています。それにはなんらかの大きな力が働いたと私は見ていますし、エバンス公爵家とつながりがあるのも間違いないと思います。レプシーラ侯爵家にかけられた嫌疑を考えると、クローレ商会とエバンス公爵家……もしくは王太后様が結託して王妃様を陥れようとしていると推測できるでしょう。ですけれど、だからこそ、できれば手を出してほしくありません。分が悪すぎます。レプシーラ侯爵には悪いとは思いますが、少なくとも私はこの手のことには関わりたくないし、オリヴィアを関わらせたくもありません」

「でもお兄様」

「わかっている。言ったところでお前はどうせ首を突っ込む。だから不用意に関わるなと言った。幸いにして、クローレ商会の直営店は王都にはないし、商会の人間が王都へ来ることもほぼない。探るなら回り道で行け。直接探ろうとするな。相手に気づかれるような真似はしてはいけない」

ロナウドがそこまで言うくらいだ。本当に用心が必要なのだろう。

けれど、何もせずにいられるオリヴィアではない。

「王都にはクローレ商会の直営店がないって言うけど、間接的にクローレ商会の商品を扱っている店はあるんですか？」

「ある。……知りたいのか？」

「ええ」

「……まあ、あそこなら大丈夫か。ただの食器店だしな」

ロナウドは仕方がなさそうな顔をして、王都で唯一クローレ商会の食器を扱う店の名前を教えてくれる。

「何度も言うようだが、無鉄砲なことは絶対にするな。わかったな？」

ロナウドは最後にもう一度念を押すとオリヴィアの頭をポンと撫でて、部屋から出ていった。

☆

兄から聞いた店は、さほど大きなものではなかった。

だが、大通りの、それなりに立地条件のいい場所に店を構えており、客の入りも悪くないようなので、オリヴィアが知らなかっただけで人気店のようだ。

アトワール公爵家は懇意にしている商会があるし、ロナウドが商売をはじめてからはロナウドの店もしくは彼と付き合いのある店から品物を購入することが多い。

ましてや食器ともなると、店まで足を運ばずとも店側から定期的にアトワール家に来るので、買いに行くという認識があまりなかった。

兄が言うように、クローレ商会とエバンス公爵家につながりがあるのならば、レプシーラ侯爵家に謀反の嫌疑をかけるために結託している可能性が非常に高い。

クローレ商会に安易に斬り込めないのならば、エバンス公爵家ごと裁くしかない。どちらにせよ、エバンス公爵家を探ると決めたときから、貴族裁判のことは念頭に置いていた。その場でエバンス公爵を糾弾しクローレ商会とのつながりを証明して、レプシーラ侯爵家にかけられた疑惑を晴らすためには、商会と公爵がつながっているという証拠を用意しなければならない。

（クローレ商会が国の認可なく武器を販売している件だけでも、本来なら追求できる問題なんだけど……）

レプシーラ侯爵家の謀反の企みの証拠として提出された偽物の武器の購入明細書。

そこにクローレ商会の名前があるのだから、本来であれば、それをもとに商会に確認を取り、罪に問うこともできる。

それをしないということは何かしらの理由があるわけで、クローレ商会やエバンス公爵家側も、自分たちに追及の手が伸びないと確信しているからこそ、その明細書を用意したと考えられる。

（その自信はどこから来るのかしら？　読みが外れれば罪に問われることくらいわかっているはずなのに）

この件についてはクローレ商会側も綱渡り状態だ。そこまでする必要があったろうか。武器を購入した証拠を用意するにしてももっとほかにやりようがあっただろうし、さらに言えば、謀反の嫌疑をかけるのにもほかにも手段があっただろう。

彼らが自分たちにも疑いの目を向けられる可能性のある方法を取ったのは、どうしてなのだろうか。

（何か引っかかるわ……）

オリヴィアには、これはチェスで言うところの悪手にしか思えない。何か裏があるのだろうか。

（いつまでもここで考えていても仕方がないわね）

店の近くまで馬車で乗りつけて、馬車の中から店の様子を探っていたオリヴィアは、直接店の中に入ってみることにした。

ロナウドも、この店はクローレ商会の食器を仕入れているが、直接のつながりは薄いと言っていたし、客を装って入ったところで怪しまれることはないだろう。

テイラーが御者に言って馬車の扉を開けさせる。

本日、ティアナはアトワール公爵家で留守番だ。

暇を持て余しているティアナはついてきたがったが、変装しているとはいえ、大勢の人の前に姿をさらすのは避けたほうがいい。オリヴィアがそう言って説得すると、不満たらたらな顔をして、だったらお土産の一つでも買ってこいと言っていたから、帰りにティアナの好きそうな可愛らしいリボンでも買って帰ろう。

「いらっしゃいませ」

店内に入ると、店の扉が開いたときに鳴ったベルを聞いて、棚に商品を並べていた店主らしき男が振り返った。

陳列棚には様々な食器類が並んでいた。

（食器と言ってもすごく種類があるのね。こうもたくさん並べられると、なんだか圧巻だわ）

オリヴィアがきょろきょろと店内を見渡している間に、テイラーが事前に打ち合わせていた言葉を口にした。

「お嬢様は贈り物のティーカップを探しているのですけど、おすすめはございますか？」

何も買う気がないのに店に入るのは怪しまれるし、突然クローレ商会について訊ねるのはなおさらだ。だから普通の客を装いつつ、自然とクローレ商会に話題が振られるように持っていこうと決めたのである。

「どういったものをお探しでしょう？」

「そうですね……白磁のものがいいでしょうか。それでいて少し凝ったものだと嬉しいのですけど」

クローレ商会の食器に白が多いことは、ロナウドから聞いて知っている。それでいて、クローレ商会の食器は形に特徴があるので「凝ったもの」と言えば、店主は当然クローレ商会の食器を勧めるだろう。

読み通り、店主は店の入口近くのクローレ商会の棚にオリヴィアたちを案内した。

「それでしたらこのあたりでしょうか。こちらなんかは、チューリップの花を象(かたど)っていて、丸みがあって可愛らしいですよ」

「本当、可愛らしいですね。でも、あまり見ない形ですね」

「カルツォル国からの輸入品ですからね」

「そうなんですね」

笑顔で頷きながら、オリヴィアは考える。

(カルツォル国からの輸入品……。ということは、店の拠点はエバンス公爵領に移されていても、カルツォル国とはまだつながりがあるということね)

カルツォル国から商品を輸入するには許可がいる。こうして当然のように販売されている以上、認可が下りているのは間違いない。

(……クローレ商会は武器の製造も販売も認められていない。ブリオール国で製造していればすぐに足がつく。そうなると、他国から仕入れているはずで……それがカルツォル国ならば納得できるわ)

食器を輸入すると見せかけて武器も仕入れる。そして仕入れた武器を秘密裏(ひみつり)に販売。

（ちょっと待って。お兄様はクローレ商会は武器を扱う闇商人だと言ったわ。武器を仕入れるということは当然だけど販売先もあるはずで……）

ブリオール国に拠点を動かしたのならば、ブリオール国内に大口の取引先があると考えられないだろうか。

（武器なんて怪しいものを持って何度も国境をまたぐのは危険だもの。ブリオール国外に出すのなら、その国に拠点を置くはずだわ）

ティアナに接触した監察官を装った男は「戦争」という二文字を使った。

オリヴィアはぞくりとする。

クローレ商会の武器の販売先で一番怪しいのは、つながりの深い――エバンス公爵家。

監察官を装った男はバンジャマンの手紙を持っていて、バンジャマンはエバンス公爵領内で労役についている。

バンジャマンの手紙にはティアナをカルツォル国王の側妃にとあった。

クローレ商会はカルツォル国と関係が深い。――偶然にしては、できすぎている。

（急いで調べないと）

ただの杞憂ならばいい。

でも、杞憂でなかったら大変なことになる。

「カルツォル国には素敵な食器があるんですね。ほかにも種類があるのかしら？」

「当店に置いているのはここにあるだけですが……少々お待ちください。カタログがございまして、お気に召したものがあれば取り寄せが可能ですから」

オリヴィアが考え込んでいる隣で、テイラーと店主の会話が続けられていた。

店主がカタログを取りに行って、それをテイラーに渡す。

「クローレ商会？　聞いたことがない名前ですわ。ねえ、お嬢様」

「え、ええ……そうね」

テイラーは打ち合わせの通りに会話を進めてくれているが、オリヴィアの頭の中はそれどころではなくなっていた。

気もそぞろなオリヴィアの様子に、テイラーは何か異変を感じ取ったのか、笑顔で店主に向き合った。

「信用できる商会なのでしょうか？」

「それはもちろんでございます。かのエバンス公爵様もクローレ商会の食器をお気に召してたくさん購入されているそうですよ」

「まあ、エバンス公爵様が。それなら信用できますわね。……そうですわね、お嬢様、こちらの食器はいかがでしょうか？　ころんとした丸みのある形が可愛らしいですもの」

「ええ、そうね、いいと思うわ」

「では、こちらの食器にいたしますね。こちら、取り寄せていただけます？　いつ頃取りに来ればよろしいでしょうか？」

「取り寄せに時間がかかりますので、二週間後になりますね」

「わかりました。では二週間後にまた来ますね」

テイラーがそう言って話を締めくくる。

オリヴィアはテイラーが店主に前金を払ってサインをするのを待って、少しばかり急ぎ足で店を出た。

（裏ルートでの武器の購入は、当たり前だけど表立ってできない。そう考えると、エバンス公爵の孤児院と医療機関への多額の寄付金……これが武器の購入をカモフラージュするためのお金の動きである可能性も高い）

まだすべて仮説段階だ。だが、何かしらのつながりがあると考えるのが自然。

（早くサイラス様に相談しないと……）

証拠を摑むのにも時間がかかる。

ティアナに接触した監察官を装った男は、「近く戦争になる」と言った。その「近く」がどの程度を示しているのかはわからないが、悠長に構えている時間はない。

馬車が停められている場所へ急ぐ。

焦燥に駆られたオリヴィアは周囲の様子に注意を払っている余裕がなく――それが、まずかった。

「お嬢様!!」

テイラーの悲鳴が聞こえた。

ハッと顔を上げたオリヴィアは、視界の端にこちらへ向かって突進してくる男を捉えて息を呑む。

ボロを着た中年の男だった。伸びた髭(ひげ)と髪で顔ははっきりとわからない。

その男は、鈍色(にびいろ)に光る短剣を握りしめていて——

「————ッ」

オリヴィアの悲鳴が、喉の奥で凍った。

男が手に持っている短剣をオリヴィアに向かって振り下ろす。

衝撃を覚悟して目をきつく閉じたオリヴィアだったが、男がオリヴィアに短剣を突き立てる前に、誰かがその男を突き飛ばした。

「離せ!!」

男の大声にハッと目を開けると、ボロを着た中年男が、石畳の上に押さえつけられている。

男を押さえつけている二人に、オリヴィアは驚いて、それからホッとした。

男を取り押さえていたのは、アトワール家で雇われている護衛だった。ロナウドから、念のために護衛を連れていけと言われて二人ほどついてきてもらっていたのだ。

取り押さえられた中年男はまだ何かわめいている。

騒ぎを聞きつけて警邏隊も駆けつけてきた。

中年男は警邏隊に引き渡せばいいだろうと、何気なく男に視線を向けて、オリヴィアは目をみはった。

「待って」

伸びた髪に髭。そして、日焼けして土埃にまみれた中年男は、かつてオリヴィアが知っていた男の姿とはかけ離れているようにも見えるけれど——

「……バンジャマン・レモーネ伯爵？」

元伯爵、だが。

オリヴィアが茫然と見つめる先で、エバンス公爵領で労役についているはずのバンジャマンが、血走った目でこちらを睨みつけていた。


「お父様が？」

黙っておくわけにもいかないので、オリヴィアが昼間の話をすると、ティアナは息を呑んで瞠目した。

襲ってきた相手がバンジャマンだとわかったオリヴィアは、至急サイラスに連絡を取り、彼の身柄を城へ移送してもらった。

身分が剝奪されているとはいえ相手は元伯爵で、さらには罪人として裁かれ労役につかされている。主に民間人を相手にしている警邏隊では対処のしようがないからだ。

本来エバンス公爵領にいるはずのバンジャマンがどうして王都にいたのかは、まだわかっていない。だが、脱走と公爵令嬢の殺害未遂が彼の罪に追加されるのは間違いないだろう。彼は金の密輸に脱税、そしてオリヴィアとサイラスが乗った馬車を襲わせた前科がある。そこに新しい罪が加われば、おそらくだが、死罪になる可能性が高い。

ティアナもそれがわかっているからか、目を見開いたまま固まってしまった。オリヴィアがティアナの手を引いてソファに座らせるが、視線を下に落としたまま微動だにしない。

オリヴィアもティアナにかける言葉が見つからず、ただ黙って彼女を見つめることしかできなかった。

「お嬢様、旦那様がお戻りになりました。お嬢様をお呼びです」

「ええ……」

執事のモーテンスが呼びに来て、オリヴィアは立ち上がる。

「テイラー」

「はい、フランはわたくしが見ています」

「ありがとう」

テイラーが力強く頷いたのにホッとして、オリヴィアはモーテンスとともにイザックの書斎へ向かった。

幼い頃のオリヴィアの遊び場だった父の書斎は、相変わらず多くの本が置かれている。

昔はよく、父の膝に乗って本を読み聞かせてもらっていた。イザックが選ぶ本は、法律書とか歴史の本ばかりで、どう考えても幼い子供に読み聞かせるようなものではなく、毎回ブロンシュがあきれ顔をしては「絵本になさったらどうですか？」と言っていたのを思い出す。

ただオリヴィアは、たとえそれがどんな本であろうと父に読み聞かせてもらうのは嬉しかったし、質問をすれば嬉しそうな顔で何事も詳しく教えてくれる父が大好きだった。

「お父様、参りました」

書斎に入るとイザックは疲れたような顔でソファに腰をかけていて、オリヴィアに対面に座るように言った。

「オリヴィア、襲われかけたそうだな」

「はい。幸いにして、護衛のおかげで何事もございませんでした」

「ならばいいが……さすがに今回は肝が冷えたぞ。頼むから外出時はくれぐれも気をつけてくれ。心配で四六時中ついていたくなる」

父のことは大好きだけれど、さすがに四六時中付きまとわれるのは勘弁してほしい。しかし心配をかけたのも本当なので、オリヴィアは素直に謝った。

「はい。すみません。気をつけます」

「それから、城に行くときも今後は護衛をつけるように」

「わかりました」

アトワール公爵邸から城までが近いので、オリヴィアはこれまで、城へ向かうときには護衛を連れていなかった。城に行けば、城の兵士がオリヴィアの護衛につくからだ。

だが、今後は厳重な警戒が必要になるだろう。バンジャマンが王都へ一人で来られたとは思えない。誰か手引きした人間がいるはずで――それは、エバンス公爵の関係者か、クローレ商会の人間かもしれない。そうだとすると、あちらがオリヴィアの動きに勘づいた可能性が高い。今まで以上に注意が必要だ。

イザックはオリヴィアを見て、少し言いにくそうな顔をして口を開いた。

「オリヴィア、お前はこんな目に遭ってもサイラス殿下の婚約者になりたいか？」

「どういう意味ですか？」

「そのままの意味だ。正直なところ私は、無理をしてまでお前を王家に嫁がせたくない。ただお前が自分の意思でサイラス殿下を選んだから口を出さなかっただけだ。だが今の状況では口を出さざるを得ない。……王太后様を敵に回してまで、オリヴィアはサイラス殿下が欲しいのか？　もしお前にそこまでの意思はなく、サイラス殿下がお前を離したがらないと言うのなら、私が口を出してもいい。私は、娘に危険なことをしてほしくない」

オリヴィアはきゅっと唇をかんだ。

王太后グロリアを敵に回せば、失敗した場合、オリヴィアだけの責任ではすまなくなる。アトワールの家が潰されることはないだろうが、父や兄にも迷惑をかけることになる。家族に迷惑をかけてまで、オリヴィアは自分の願望を突き通していいのだろうか。

(でも……離れたくない)

貴族令嬢は、父や兄の意思に従うべきだ。家のために父や兄が決めた相手に嫁ぐ。家に迷惑をかけるなどもってのほかだ。……だけど今、オリヴィアは自分の意志を貫き通すことで家に迷惑をかけている。

どんなにつらくても——諦めるのが正解なのだろうか。サイラスを、彼の隣を、手放すことが貴族令嬢としての正しい選択なのだろうか。

オリヴィアはぎゅっとドレスのスカートを握りしめた。

(それに、もし本当にエバンス公爵が戦争を起こそうとしているのなら……サイラス様の隣にいたいからという理由で動いていい問題ではなくなる)

本当にエバンス公爵が戦争を企んでいるのならば、公爵を糾弾するのに充分な理由になる。けれど、オリヴィアの独断で動ける問題でもなくなる。証拠を集めてからでなければ動けないが、早急に対処しなくてはならない問題だ。オリヴィアの悪評問題など二の次である。

その一方で、だからこそこの問題を自分の手でなんとかしたいとも思ってしまう。

エバンス公爵、グロリア、そしてクローレ商会。

この三者はオリヴィア個人が正面切ってやり合える相手ではない。

裏づけのないままの証拠を示せば、握り潰されてしまうかもしれなくて、そうなれば、相手をより警戒させて、調査もままならなくなるだろう。

（って……、言い訳みたいね）

諦めたくない。サイラスの隣にいるために、このまま続けたい。

そんな欲求を正当化するための、ただの言い訳。

何も言えずに沈黙したオリヴィアに、イザックが苦笑した。

「余計なことまで考えなくていい。素直な気持ちでいいんだ。オリヴィアは、サイラス殿下のそばにいたいのか？」

「…………はい」

「わかった。では何も言わない。思うように動きなさい。ただ、自分の身の安全を優先するように。……さて、説教はこのくらいにして、本題に入ろう。バンジャマンの件だ」

あっさりと話が終わってオリヴィアは驚いたが、思えばイザックはいつもこうだった。

オリヴィアが決めたことには、その意志の確認はするけれど、最終的に反対はしない。

そこにあるのはイザックからの確かな信頼で、それがどのような結果になろうとも、きっと父は何も言わない。

けれどだからこそ間違うことも失敗することもできないと、オリヴィアは思うのだ。

(サイラス様に相談して動き方を考えましょう。手に余るようなら、無理はしてはいけない。優先すべきは国と国民。それは絶対に間違えてはいけない)

そしてどんな手段を使ってでも必ず証拠を集めて、本当に戦争を起こそうとしているのならば絶対に糾弾して罪に問う。これは絶対に許せる問題ではない。

オリヴィアは息を吐き出すと、すっと背筋を伸ばした。

「何かわかったんですか?」

「大した情報ではないかもしれないがな。ティアナが持っていた手紙の件も含めて問い詰めてみたところ、一人の男が浮上した。バンジャマンと接触し、交渉を持ちかけてきたらしい。男の要求はオリヴィア、お前を亡き者にすることだ。成功すれば、バンジャマンとその夫人、そしてティアナをカルツォル国へ逃がし、ティアナが王の側妃になれるよう口利きしてやってもいいと言われたと言っていた。バンジャマンはその男に労役地から逃がしてもらったと言っていたが、男が何者かまでは知らないらしい。よくそんな怪しい男の言うことを信じる気になったものだがな」

「その男とは、ティアナに手紙を持ってきたという監察官を装った男でしょうか?」

「その可能性はあるだろう。バンジャマンは灰色の髪の背の高い男としか言わなかったが、ティアナのもとに来た監察官も灰色の髪ではなかったか? まあ、灰色の髪の男なんてそれこそ山のようにいるだろうからな、それだけで同一人物だとすることはできないが」

「そうですね。ただ、この手のことは、あまり大勢の人間を動かすとどこかに綻びが生じるものですから、同一人物と考えるほうが自然かもしれません。どちらにせよ、バンジャマンの証言でその監察官を装った男を探す正当な理由ができましたね」

「それについては私のほうでなんとかする」

「お願いします」

ティアナに接触した男のことは気になっていた。だが、ティアナから預かった手紙を秘密にしている以上、その男を表立って捜索させる理由がなかったのだ。それが、バンジャマンの証言で道が開けた。

ポーンを一つ動かしてささやかな防御を敷いたような感覚だが、手詰まりだった状況が少しだけ開けた気がする。

頭の中にチェス盤を思い描いたオリヴィアが、相手が次にどこに斬り込んでくるかを考えていると、イザックが思い出したように言った。

「オリヴィア。明日、カルツォル国の第五王子が到着する。王の名代で婚約式に出席される方だ。第二王子が来るはずだったのだが、どういうわけか第五王子に代わったらしい。近く歓迎会を開くことになる。オリヴィアもサイラス様のパートナーとして歓迎会に出席することになるだろう。問題が起きることはないだろうが、一応気をつけておくように」

「ずいぶん早いお着きなんですね」

「招待状に書かれていた日付が三週間早かったそうだ。確かめたが、本当に三週間早い日付が書かれていた」

「どういうことですか？」

「わからん。ほかの国へ出した招待状の日付は間違っていないと思うが、確認を入れている。どちらにせよ、こちらの不手際だ。カルツォル国の第五王子には謝罪し、婚約式までの三週間と少しの間、丁重にもてなすことになる」

「わかりました。わたくしもご挨拶する機会があるでしょうから、お詫び申し上げておきます」

「そうだな。それがいい」

父の話は以上のようだったので、オリヴィアは一礼して、イザックの書斎をあとにする。

ティアナは少し落ち着いただろうかと心配になりながら自室に戻ったオリヴィアは、ソファにふんぞり返ってお菓子を食べているティアナの姿に目を丸くした。

「……フラン？　大丈夫なの？」

「何が？」

「何がって、ええっと……」

「お父様のことなら、もういいわ。びっくりしたし、まだショックだけど、別にお父様に何か期待してたわけじゃないし、あの手紙を受け取ったときからなんとなくバカなことをしでかしそうな気がしてたし、むしろオリヴィア様に怪我がなくてよかったんじゃないかしら？　別にオリヴィア様の心配をしてるわけじゃないけど！　オリヴィア様がいなくなったら、あの男が言った戦争とやらを止めてくれる人がいなくなるかもしれないじゃない！」

ツンとした態度でそんなことを言うが、オリヴィアはティアナの目が赤くなっていることに気がついた。たぶん、オリヴィアが出ていったあとで泣いたのだろう。テイラーがティアナのためにたくさんのお菓子を用意したのも、彼女を元気づけるために違いない。

（きっとわたしがいたら泣けなかったでしょうね。テイラーに感謝だわ）

いつもは文句を言うテイラーが、黙ってティアナのために紅茶を淹れている。

オリヴィアが対面に座ると、ティアナがチョコレートを頬張りながら言った。

「お父様が一人でこんな大それた計画を立てるとは思えないわ。だってお父様にはもうなんの力もないもの。お父様をそそのかしたやつが絶対にいるわ。……そいつ、捕まえられる？」

「そのつもりよ」

「そう。……なら、よかった」

ティアナはそれ以上何も言わず、黙々と目の前のお菓子を口の中に放り込んでいく。

オリヴィアは棚の中に納めてあった、お気に入りのチョコレートを出してきて、そっとティアナの前に置いた。

☆

バンジャマンを捕縛してから三日後。

イザックから聞かされていた、カルツォル国の第五王子の歓迎パーティーが開かれることになり、オリヴィアはその準備もあって、テイラーとティアナを伴って昼過ぎに登城した。

城を訪れるのは久しぶりだ。

アランが書類仕事を引き受けてくれているし、現状、悠長に図書館へ通っている余裕もないので、ここ数日は登城していなかった。

サイラスから仕入れた情報によると、カルツォル国第五王子はアベラルドという名前らしい。

サイラスはすでにアベラルドが到着したその日に挨拶をしていて、癖のある赤毛に黒い瞳の、猛禽類のような鋭い雰囲気の王子だと教えてくれた。年齢は三十九歳で妻子もいるが、今回妻子は連れてきていない。

オリヴィアが把握しているカルツォル国の情報では、正妃の子は第三王子だけのはずだから、アベラルドは側妃か愛妾の子だろう。王位継承権は第三王子が第一位、あとは年齢順だと聞いている。女子に継承権は与えられないので、単純に、第五王子は王位継承順位五位と見ていい。

ブリオール国とカルツォル国は友好国ではないので王や王位継承権第一位の第三王子が来ることはないだろうと踏んでいたが、予定されていた第二王子から第五王子に代わったのには何か理由があるのだろうか。

「お嬢様、パーティーのドレスはこちらでよろしかったですか？」

テイラーがクローゼットからドレスを取り出して確認する。

「ええ、構わないわ」

「綺麗なドレスね」

ティアナがそれを見て、羨ましそうな顔をした。

「ちょっと着てみていい？」

「だめです」

ティアナが言えば、テイラーが即答する。

ムッと眉を寄せたティアナに、オリヴィアは苦笑した。バンジャマンの件で落ち込んでいたが、少しは元気になってきたようだ。

「パーティーが終わったあとなら大丈夫よ」

ただ、ティアナは背が低いので、オリヴィアのドレスは少し丈が長いだろうけれど。

オリヴィアが許可を出すと、テイラーが咎めるような視線を向けてくる。

「オリヴィア様！　またそんなこと言って！」

「別にいいじゃない。減るものじゃないし。テイラーにも着なくなったドレスをあげることがあるでしょう？　さすがにそのドレスはあげられないけど、着るくらいなら構わないわ」

「もらえるなら、わたくし、あのピンクのドレスがいいわ。胸のところにリボンがついているやつ」

オリヴィアがテイラーにドレスを下げ渡していると聞いたティアナが、すかさず自己主張をはじめた。

テイラーがあんぐりと口を開けて、オリヴィアは思わず吹き出してしまう。ティアナはオリヴィアの部屋のクローゼットの情報に詳しいようだ。よほどドレスが好きなのだろう。

「あのドレスはもう着ていないからいいわよ。ただ、丈を直さないといけないと思うわ」

「テイラーやってよ」

「なんでわたくしが!?」

「だって、わたくし針持ったことないし。怪我をしたら嫌だもの」

「練習しようという気持ちはないんですか!?」

「あるはずないでしょ？　バカなの？」

「オリヴィア様！　こんな人にドレスをあげなくてもいいと思います！」

ここのところティアナが落ち込んでいたから、テイラーも彼女に優しく接していたのだが、さすがに我慢できなくなったのか久しぶりに口喧嘩が勃発する。

喧嘩ができるだけ元気になったのはいいことだが、あまり騒ぎすぎるのもよくない。

「テイラー、ドレスの丈ならお店に頼むわ」

ティアナは侍女に扮(ふん)しているが侍女として正式に雇われているわけではない。

そのため、衣食住は保障しても、公爵家はティアナに給金を支払っていない。だから、給金の代わりというわけではないが、ドレスの裾上げ代くらいオリヴィアが自分の懐(ふところ)から出してもいい。

ティラーは「また甘やかす！」と不満そうだが、給金なしで仕事（真面目にとは言えないが）をしているのだから、そのくらいはいいと思う。ティアナだって、好きでオリヴィアの侍女をしているわけではないのだから。

「そんなことより、まだ時間があることだしお茶にしましょう。着替えるのはもう少しあとでもいいでしょう？」

パーティーの開始時間までたっぷり時間がある。

サイラスがオリヴィアの部屋に来ると言っていたが、例にもれずレネーンに張りつかれているようなので、もうしばらくかかるだろう。

お茶と聞いたティアナが嬉しそうな顔をして棚のお菓子を物色(ぶっしょく)しはじめた。最近ではテイラーもお菓子選びはティアナに任せているので口を挟まない。

「わたくし今日はクッキーの気分なのよねー。……ん？」

「どうかした？」

「オリヴィア様、わたくしに内緒でお城に来てないわよね？」

「ええ……ここ数日は来ていないけど、何？」

「……ふぅん」

ティアナはお菓子の棚から水色の箱を手に取ると、それを棚の隅に畳んで置かれていた空き袋に入れた。

「ちょっと用事を思い出したわ」

「フラン？」

「すぐ戻るから心配しないで」

ティアナはそう言って、オリヴィアが止めるのも聞かずに袋を持って部屋から出ていってしまった。

「あの方、本当に自由ですね」

「ええ……でも、何か様子がおかしかったわ。クッキーの箱、持っていっちゃったし」

「独り占めしたくなったんじゃないですか？」

テイラーはそんなことを言って、紅茶を蒸らしている間に、棚からフロランタンの箱を持ってくる。

「フランがつまみ食いするので、お菓子がだいぶ減りましたね。買い足しておきますね」

「ええ……」

確かにティアナは気がついたらお菓子を食べている。あのクッキーも、テイラーが言うように全部一人で食べたくなったから持ち出したのだろうか。

（でもティアナはティータイムが大好きだから、独り占めしたくなったにしても、ティータイム前に外に出ていくのはおかしい気がするわね）

それに、ティアナのことだから、欲しければ欲しいと口に出して主張するはずだ。黙って持ち出すのはおかしい。

（お菓子くらい別にいいんだけど……何か引っかかるわね）

ティアナが突飛（とっぴ）な行動を取ることはままあるが、今日は特におかしい気がする。

（まあいいわ。帰ってきたらそれとなく聞いてみましょう）

すぐ戻ると言っていたし、そのうち帰ってくるだろう。

オリヴィアは深く考えるのをやめて、テイラーが淹れてくれた紅茶に砂糖を一つ落とした。

☆

ティアナがコンコンと扉を叩くと、中から返ってきた声は部屋の主（あるじ）のものだった。

（部屋の中に一人なのね。都合がいいわ）

室内から許可が出たので、扉の外に立っていた衛兵が扉を開けてくれる。

部屋の中に入ったティアナは、中の様子が以前とまったく変わっていないことに気がついた。

壁に飾ってある剣のコレクション。カーテンの色だけが違うだろうか。以前は紺色に近い青だったが、今は深緑になっている。冬用のものだろう。

(まあ、あれから半年弱しかたってないものね)

変わっていないのは当たり前だと思う一方で、部屋の主の雰囲気が以前とどこか違うから、少し戸惑ってしまう。

「なんだ、オリヴィアのところの新しい侍女じゃないか。何か用か?」

執務机に着いて書類を片づけているアランが、手を止めて顔を上げた。

眼鏡とウィッグで変装しているとはいえ、一時は婚約していた相手もわからないのかとティアナはちょっとムッとする。

今はなんとも思っていないが、アランのことは大好きだったのに。アランもティアナのことを好いてくれていると思っていたのに、変装しただけで気づかないものだろうか? 鈍感!

ティアナは無言でつかつかとアランのところまで歩いていくと、書類の上に持ってきた袋から箱を取り出して乱暴に置いた。

「おい!」

「オリヴィア様の部屋にありましたの。サイラス殿下に渡してください。異物が混入しているかもしれませんから」

「は?」

「それから、アラン殿下、鈍感すぎです」

「はあ⁉　何を……ん？」

「やっと気づいたんですか？」

「ティアナ⁉」

「今はフランです。大きな声を出さないでくださいませ」

ツン、と顎をそらしてティアナが言う。

アランは目をぱちくりとさせて、それから額を押さえて天井を仰いだ。混乱しているらしい。

「いろいろあって、今はオリヴィア様のそばにいるんです。オリヴィア様もサイラス殿下もご存じですけど、ほかの人には秘密なので内緒にしてくださいね」

アランは天井に向いていた顔を正面に戻し、訝しそうな顔をした。

「どういうことなんだ？」

「だから、いろいろあるんですってば。知りたければ今度サイラス殿下にでも聞いてください。そんなことよりこれ！　絶対サイラス殿下に渡してくださいよ？　サイラス殿下は今レネーン・エバンスに張りつかれていて、わたくしからは近づけなさそうなので！」

「は？　そんなもの呼びつければいいだろう。そこに座ってろ！　お前の話は意味がわからん！」

アランは訝しそうな顔のまま立ち上がるとティアナをソファに座らせ、部屋を横切って、外にいる衛兵にサイラスを呼んでこいと命じた。

（なるほどねー、あの図々しいレネーンも、アラン殿下の部屋までくっついてこないわよね）

アランにサイラスへの伝言さえ頼めればそれで事足りたのだが、まあいい。サイラスと直接話ができるのならば願ったりだ。

衛兵に伝言を終えたアランは、ティアナの対面に座って腕を組んだ。

「それで、お前はどうしてオリヴィアのところにいる。その箱はなんだ。サイラスが来るまで時間があるんだ、説明くらいできるだろう」

じろりと睨まれても怖くはないが、言うまでしつこそうなのでティアナは仕方なくアランに事情を説明することにした。

「……ということで、しばらくオリヴィア様のそばにいることになったんです」

「どうして私に知らされてないんだ！」

「そんなの決まってるじゃないですか。殿下、絶対知らない顔できないもの。すぐ顔に出るから」

サイラスは何を考えているのかわからないから怖いが、感情を隠すのは得意そうだ。だがアランは喜怒哀楽がすぐに顔に出るから、廊下でティアナとすれ違って平然としていられるとは思えなかった。

自覚があるのか、アランがうっと言葉に詰まる。

「だ、だったら、なぜここに来た」

「急いでいたからです。オリヴィア様に気づかれる前に対処したかったたし」

「なぜオリヴィアに気づかれたくないんだ」

「オリヴィア様がいろいろ手一杯そうだから。それに、この手のことは魔王っぽいサイラス殿下に頼んだほうがたぶんうまくいく気がして。勘ですけど」

「魔王？」

アランがきょとんとして首をひねる。

（知らぬがなんとかってやつね）

ティアナの勘だが、サイラスはやばい。絶対に敵に回してはいけないタイプだ。オリヴィアのことになると、ことさらに。

サイラスは普段ニコニコしていて一見すると好青年に見えるし、まあたぶん、九割がた好青年に違いない。だが、残り一割。オリヴィアが関わってくると見せる別の顔がある。

盲目的にオリヴィアを愛しているサイラスには、ちょっとでもオリヴィアに何かしようものなら地獄の底まで追いかけてでも報いを受けさせてやるという、一種の執念深さがあるのだ。

（わたくしはあんな怖い男は願い下げよ。笑顔の下で何を考えているかわかったもんじゃないわ。サイラス様と普通に付き合えるオリヴィア様って度胸があるというか、つわものよね）

サイラスは自分のもう一つの顔には無自覚そうなので、オリヴィアの前でも何度か見せたことがある気がする。だがオリヴィアは平然としているし、普通に受け入れているようなのだ。

ティアナなら絶対無理である。

ともかく、だからこその件はサイラスに託すに限る。オリヴィアに危害を加える相手には、情けは一切かけないだろうから。

（それに、オリヴィア様に教えても、自分のことは二の次にしそうだし）

未然に防げたなら後回しでもいいだろうとか言いそうだ。実際いろいろ手一杯なのだろうが、自分の身の安全を後回しにするなんてティアナには考えられない。サイラスもおかしいが、オリヴィアも絶対に思考回路がおかしい。

「それで、その箱は？」

「オリヴィア様の部屋の棚にあったお菓子の箱です。でも、オリヴィア様やテイラーが用意したものじゃありません」

「どうして断言できる」

「それは……」

「それは？」

ティアナは言葉に詰まって、ちょっと逡巡（しゅんじゅん）したのち、渋々白状した。

「…………お菓子の棚にあった箱、全部覚えているから」

「は？」

「だから！　お菓子の棚にあった箱、全部覚えているんです！　オリヴィア様、おねだりしたらすぐくれるから……次に何をもらおうか、物色してたので」

「……………」

アランがポカンと口を開ける。

ティアナは恥ずかしくなってそっぽを向いた。

（どうせ食いしん坊ですよ！）

罪人として捕らえられてからというもの、大好きなお菓子は滅多に食べられなかったので、目の前にお菓子があれば食べたいと思うのは自然の摂理というものだ。

それに――何かをねだったときのオリヴィアの「しょうがないわね」みたいな顔は、なんか嫌いじゃない。

（オリヴィア様のことは嫌いだけど！　でもいい人なんだとは、思うもの……）

ティアナはオリヴィアを陥れようとしたことがある。

意地悪もしたし、言ったたし、婚約者だったアランを奪ったし、ずっとバカにしてきたし――ティアナが同じことをされたら、大嫌いになって二度と顔も見たくないと思う。

なのにオリヴィアは、過去のことはすべて水に流したというようにティアナにも優しくしてくれるから、つい甘えてみたくなる。

お菓子をねだるのも、食べたいのはもちろんだが、オリヴィアがどこまで甘えても許してくれるか試してみたくなるからだ。

次は何をもらおうか。そんなことを考えながらお菓子の棚を見ていたら、そこにあるものを全部覚えてしまっただけである。

（オリヴィア様は今日、久しぶりに登城した。わたくしを抜きに登城してないと言っていたから、新しいお菓子があるのはおかしいもの）

お菓子の箱をサイラスがこっそり置いたとも考えられない。サイラスはたぶん、こっそりプレゼントするのではなく、オリヴィアからの「ありがとうございます」という一言と笑顔をもらうために直接手渡すタイプだからだ。

「だからこの箱は知らない箱なんです！　オリヴィア様の部屋にこっそりお菓子の箱を置くなんて怪しすぎじゃないですか！」

「……まあ、確かにな」

「何もなかったらそれでいいけど……オリヴィア様、なんかちょっと危なそうな橋を渡ってるみたいだし……」

「ずいぶんオリヴィアと仲良くなったんだな」

「なってません！」

ティアナは噛みつくように否定して、それからぷくっと頬を膨らませた。

アランがニヤニヤ笑うのがムカつく。でも、今のアランを見ていたら、以前ティアナと婚約していたときのアランは、ティアナに本当の自分を見せていなかったのだなと感じた。こんなふうに言い合ったこともなければ、手本のような笑顔以外の彼の笑顔を見たことがない。

（……殿下も、王太子っていう重責のせいで、いろいろ我慢していたのかしら？）

ティアナと婚約していたとき、アランは「紳士」だった。オリヴィアにとって「紳士」だったのかどうかは知らないが、少なくともティアナにはそうだった。

今と同じように感情は顔に出やすかったけれど、ティアナに対して強い感情をぶつけることはなかった。ティアナの中でアランはいつも「王子様」だった。まるで物語に出てくる王子様のような存在だったのだ。

ティアナには難しいことはわからないけれど、ティアナが知っている昔のアランより、今のアランのほうが肩の力が抜けて見える。物語の王子様からは遠のいた感じがするが、ティアナは今のアランのほうがいいと思った。

オリヴィアにしたってそうだ。

かつてのオリヴィアは、口数が少なく、いつもどこか困ったような笑顔を浮かべて――頭の中がからっぽな人形のようだとティアナは思っていた。何を言われても微笑むオリヴィアがちょっと不気味だった。

でも今のオリヴィアは違う。昔のオリヴィアは「大嫌い」だったけれど、今のオリヴィアは「ちょっと嫌い」くらい。そしてちょっと……「いい人」。

「ごめん、遅れて」

ニヤニヤ笑いのアランをどうにかしてやり込められないだろうかと考えていると、サイラスがやってきた。部屋にティアナがいるのを見て目を丸くする。

「え、なんでここにフランが……？」

「ちょっと変なものを見つけたんです。だからアラン殿下を通してサイラス殿下に届けてもらおうと思って」

ティアナは簡単にここに来た理由を説明して、サイラスに持ってきた水色の箱を手渡す。

サイラスはすっと目を細めて箱を受け取ると、中身を確かめて頷く。

「――お手柄だよ、フラン」

その声の低さに、ティアナはぞくりとした。

（やっぱりサイラス殿下はやばいわ。……どこの誰だか知らないけど、虎の尾を踏んだわね。しーらないっと）

◆六　カルツォル国の第五王子

お菓子の箱を持ってどこかへ消えたティアナは、テイラーが淹れた紅茶がすっかり冷めた頃になって戻ってきた。

ドレッサーの前でテイラーに髪を結ってもらっていたオリヴィアは、鏡に映るティアナの様子を確かめる。

「どこに行っていたの？」

何食わぬ顔でソファに座って、冷めた紅茶を飲んでお菓子を食べはじめたティアナに訊ねてみると、予想外の答えが返ってきた。

「アラン殿下のところです」

「アラン殿下の？」

オリヴィアはぱちくりと目をしばたたいた。

（アラン殿下にティアナのことを知られても困るわけじゃないけど……どうしてわざわざアラン殿下？　もしかして、ティアナってまだアラン殿下のことが好きなのかしら？）

アランの婚約者の座が欲しくて、オリヴィアに嫌がらせをしていた時期もあったティアナだ。それだけ好きだった相手のことを、すぐに忘れられなくても仕方がない。

（どうしましょう。ティアナは身分が剝奪されてしまったし、罪に問われてしまったから、アラン殿下のお相手としては厳しいわ……）

父親のバンジャマンの罪は重いが、ティアナの場合それほど重い罪ではないので、あと一年ほどもあれば労役からも解放される。

だが、そのあとでティアナが貴族社会へ戻るのは難しい。親戚が彼女を引き取れば望みはあるが、ティアナが仲良くしていた親戚と言えば、従兄であるロマンくらいだ。彼はバンジャマンの弟の男爵の子で、城で兵士として働いている。

ロマンは何かとティアナの面倒を見ていたが、バンジャマンと弟の仲は険悪だったので、男爵夫妻がティアナを引き取るとは思えない。万が一引き取られたとしても、元罪人で男爵家の養女という立場では、アランの相手に名前が挙がることはないだろう。

（前途多難ね……）

けれど、なんとなくだが、ティアナならばそんな逆境も全部撥ねのけてしまうような気もするから不思議だった。

「わたくしは応援しかできないけど、がんばってねフラン」

「は？　突然なんなの？　アクセサリー選びのこと？　ちょっと待ってよもう食べ終わるから」

ティアナは急いで口の中にお菓子を詰め込むと、クローゼットの中のアクセサリーが収められている箱を持ってきた。

今日オリヴィアが身に着けるアクセサリーを選びたいとティアナが言い出してテイラーが許可を出したので、今日のアクセサリー選びはティアナの担当だ。

(アクセサリーのことじゃなかったんだけど……楽しそうだし、アラン殿下のことはわたしに応援されても困るかしらね？　心の中でこっそり応援することにしましょう)

オリヴィアが頓珍漢な勘違いをしつつティアナを見つめていると、いくつかのアクセサリーを取り出したティアナがうーんと首をひねる。

「ドレスがシルバーだから何色でも合うのよね。サファイアやダイアモンドも捨てがたいけど……ルビーがいいわ。この大きいやつ。目立つから！」

はい、とティアナが差し出してきたルビーを見て、オリヴィアはハッとした。

「ごめんなさい、伝え忘れていたわ。あのね、カルツォル国では赤は高貴な色なの。今日はアベラルド殿下の歓迎会でしょ？　殿下はおそらく赤をまとわれるでしょうし、殿下と並び立つような赤は失礼にあたるから、避けたほうがいいと思うのよね」

「え？　オリヴィア様っていちいちそんなことを考えるの？」

「これは重要なことなのよ。おもてなしする方を不快にさせてはいけないわ」

「そんなことを考える人間なんて少ないと思うわよ。今夜のパーティーだって、きっと赤を身につけてくる人もいるでしょう？」

「そうかもしれないけど……サイラス様のパートナーとして出席する以上、気を配るべきだわ」

ティアナはルビーを片づけながらあきれ顔をした。

「はー……オリヴィア様って、ほんと真面目なんだから。じゃあ、これ。サファイアね。サイラス殿下の瞳の色と一緒だし、これならいいでしょ？」

「ではリボンも青に揃えてもいいかもしれませんね」

オリヴィアの髪を結っていたテイラーが、ティアナが差し出したサファイアを確認して、紫のリボンから青のリボンへ変更した。

テイラーが丁寧にオリヴィアのプラチナブロンドを編み込んでいく。

着飾るオリヴィアが羨ましくなったのか、使わなくなった紫のリボンをもてあそびながらティアナが言った。

「いいなあ、パーティー」

ティアナはパーティーが大好きだったから行きたいのだろう。

「連れていってあげられたらいいんだけど、今日のパーティーは招待客が限られているから、侍女をこっそり連れていくことはできないのよ。それに、変装していても、誰かにフランの正体に気づかれるかもしれないし」

「わかってるわよ。侯爵家以上しか招待されない小規模パーティーなんでしょ」

「ええ。陛下はカルツォル国と自国の貴族たちにつながりを持たせたくないのだと思うわ」

「そんな警戒するもの？」

「まあ、過去にもいろいろあったし……、カルツォル国の現王陛下は、お年を召されて昔ほどではないとはいえ、好戦的な方でしょう？　アベラルド殿下がどのような方なのかは知らないけど、用心するに越したことはないの」

「ふぅん」

ティアナはカルツォル国の話には興味がないのか、リボンを置くと、クローゼットから紺色のパンプスを持ってくる。

「はい。靴はこれ。あと、グローブの上からリボンでも巻けば？　そのドレス、キラキラしていて綺麗だけど、色的にぼやけるのよね」

「そうね……テイラー？」

「いいかもしれませんね。こちらも青で揃えましょう。リボンは……」

「このベロア生地のやつがいいわ」

「光沢が美しいですね」

ティアナがリボンを差し出すと、テイラーが頷いて受け取る。

「……あの方、自分が装うときは信じられないくらいに派手な格好をするんですけど、センス自体はあまり悪くないんですよね。不思議です」

テイラーがティアナに聞こえない音量でささやいたので、オリヴィアは苦笑した。

ティアナが伯爵令嬢だった頃、あちこちのパーティーで恐ろしく派手な格好をしたティアナを目撃した。あのときはなんて奇抜な、と思ったものだが、テイラーが言う通り、根底にあるセンスはオリヴィアよりも何倍も優れている。

(ティアナは目立ちたがり屋だから、目立つこと重視で考えるんでしょうね)

そして、自分が装わない場合は、その欲求が抑えられるから、相手に何が似合うのかを考えてものを選ぶ。

テイラーもそれがわかったから、ティアナにオリヴィアが身に着ける靴やアクセサリーを選ぶ許可を出したのだ。

シルバーのグローブの上から手首にリボンを巻きつけ、ほどけないように丁寧に結ぶと、テイラーがオリヴィアを立ち上がらせる。

テイラーはオリヴィアの周りを一周して笑った。

「はい、できました！　今日のオリヴィア様も完璧です！」

「ありがとう、テイラー。フランもね」

「別に。選ぶの楽しいから。……サイラス殿下がいるから大丈夫だとは思うけど、気をつけて行ってきなさいよね」

「そうね、アベラルド殿下には用心しないとね」

「…………そういう意味じゃないんだけど」

ティアナがぽそりとつぶやいたが、声が小さすぎてオリヴィアの耳には届かない。

ややしてサイラスが迎えに来て、オリヴィアは彼とともにパーティー会場である城の大広間へ向かった。

オリヴィアの両親も兄ロナウドも招待されているが、家族はまだ到着していないようだ。

大広間に入るとバルコニーの近くにアランがいて、見るからに不愉快そうな顔をしていた。

「兄上、レネーンを押しつけられたからね」

「……なるほど」

レネーンの姿は見えないが、グロリアは可愛いレネーンをパートナーなしでパーティーに出席させることをよしとしなかったようだ。

サイラスがオリヴィアとの出席を早々に決めてしまったので、アランにお鉢が回ってきたのだろう。

サイラスとともにアランに近づくと、彼は白ワインを一気に呷ってグラスを置いた。

「兄上、レネーンは？」

「ここに来るなりどこかへ行った。このまま戻ってこなくても私は一向に構わないがな！」

「おばあ様のところかな？　姿が見えないから」

「ああ。父上とおばあ様はアベラルド殿下と一緒に会場入りするらしいから、レネーンもくっついて入る気なのかもな。ま、そんな無茶は父上が許さないとは思うが。それにしても、あいつは本当に図々しいな」

「図々しいって……ほかにも何か？」

アランはふんと鼻を鳴らして、給仕係から二杯目の白ワインを受け取った。

「無作法なことに、全身真っ赤だぞ。狙ってやったとしか思えない」

「え？　本当に？」

「ああ。赤いドレスに赤いグローブ、靴に髪飾りまで全部赤だ。あいつはアベラルド殿下に喧嘩でも売りたいのだろうか。着替えてこいと言っても聞かないしな！」

オリヴィアはサイラスと顔を見合わせて、どちらからともなく嘆息した。

（まさか全身赤なんて……どうして王太后様はお止めにならないのかしら？）

禁色とまではいかないが。カルツォル国では王や王族が出席するパーティーでは赤を纏うことはご法度だ。赤はその場において最も高貴な人間が纏う色とされ、今日はアベラルドが主役なので彼が纏うべき色だ。この国の王であるジュールが赤を纏うのであればそれほど問題視されないだろうが、この場においてはアベラルドとジュール以外は赤を避けるべきなのである。

周知されているわけではないので、この場に誤って赤を身に着けてくる人がいてもおかしくはないが、グロリアなら、カルツォル国が赤を重要視することを知らないはずがない。それなのに、なぜレネーンの愚行を許すのだろう。まさか、本当に狙ってやっているのだろうか。レネーンが高貴な人間だと知らしめるために？

（まさかね）

もしそうだとしたら、王や王太后、王子たちよりもレネーンが高貴なのだと主張することになる。さすがに不敬すぎるので、わざとであるはずがない。

「あのバカはカルツォル国相手に戦争でも起こしたいのかもしれないな」

アランが冗談にしては笑えないことを言った。

レネーンにはそんな狙いはないだろうし、むしろエバンス公爵家はクローレ商会を通してカルツォル国とつながっている側のはずだ。両者の関係性を考えると、レネーンがカルツォル国の王子の不興を買うのはよろしくない気がするのだが。

オリヴィアは顎に手を当てて考え込んだ。

（エバンス公爵家がクローレ商会を通してカルツォル国とつながっていると思ったけど……違ったのかしら？）

戦争という言葉が使われた以上、カルツォル国の中でも中枢にいる人間とつながりがあるはずだと思ったのだが、レネーンの行動のせいでよくわからなくなってくる。

（……一度、仮説は捨てたほうがいいかもしれないわ）

今夜のレネーンとグロリア、そしてアベラルドの動きをそれとなく観察してみよう。もしかしたらオリヴィアは、「戦争」という言葉に翻弄されて、何か重要なポイントを見落としているのかもしれない。

「レネーンが来たら、お前たち二人は極力近づくな。全身赤の女と親しくしているところでも見られたら、お前たちまで敵意ありと受け取られる。私はあいつのパートナーだから仕方がないが、お前たちだけでも離れていろ。うちの王家全員があれの仲間だと思われたくない」

「うん、そうさせてもらうよ」

サイラスが神妙な顔で頷く。

オリヴィアも隣で頷きかけて、ふと、今まで疑問にすら思わなかったことが脳裏をよぎってハッとした。

（そうよ……クローレ商会やエバンス公爵家がカルツォル国とつながっていたとして……カルツォル国が彼らに協力するメリットはなんなのかしら）

協力関係にあるならば、双方に利益があるはずだ。

エバンス公爵家やクローレ商会がカルツォル国の「誰」とつながっているのかを探る上でも、それは重要なポイントとなる。

（それから、第五王子がエバンス公爵家やクローレ商会に関係しているのかどうかも探るべきよね）

当初の予定では第二王子が来るはずだった。

それが急遽第五王子に代わったことといい、招待状の日付が違ったことといい、これは見過ごせない問題だ。

（お父様が調べてくれたけど、結局ほかの国に送った招待状の日付は間違っていなかったと言っていたもの。招待状の余りが残っていたけど、残っていたもののどれも正しい日付だったし。カルツォル国への招待状だけ日付が間違っていたのはおかしいわ）

しかしそれを探るには、情報が少なすぎる。

「サイラス様、カルツォル国に詳しい方に心当たりはありませんか？」

「カルツォル国？　それならワットールが詳しいと思うよ。ワットールは結構前に外交官をしていて、そのときにカルツォル国に数か月ほど滞在していたはずだからね」

「そうなんですか？」

「うん。ワットールがまだ若い頃の話で、オリヴィアが生まれる前のことだったと思うから、情報としては古いかもしれないけど」

それでも充分だ。

オリヴィアはパッと顔を輝かせた。

「ワットールに、明日にでも時間を作るように言っておくね」

ワットールもレネーンの相手ばかりしているのは疲れるはずだからね、とサイラスが苦笑する。

サイラスと話し込んでいると、進行係がジュール国王とグロリア王太后、そしてアベラルドの入室を告げる声が響いた。

顔を上げると、二階の階段から、一段高いところに設けられた席へと降りてくる二人の姿が見えた。

本来であればジュールの隣には王妃であるバーバラが並ぶが、バーバラはレプシーラ侯爵領にいるので今日はグロリアが並んでいる。

カルツォル国の王子の手前、ジュールも赤は避けたようで、身に着けていたのは濃い青と白を基調とした盛装だった。アベラルドは赤地に緻密な金糸の刺繍の入った、くるぶしのあたりまである丈の長いジャケットを羽織っていた。これがカルツォル国の王族の盛装なのだろう。

アベラルドは癖のある赤毛に黒い瞳の体格のいい男性だ。ジュールも小柄なほうではないが、アベラルドと並ぶと小さく見える。

「挨拶に行こうか」

「そうですね」

ジュールとアベラルドが用意されている椅子に座るのを確認して、オリヴィアはサイラスとともに二人のもとへ向かった。

サイラスとオリヴィアが二人の前に立つと、アベラルドが席を立つ。

口端だけで微笑むアベラルドに、オリヴィアは久しぶりにこれほどまでに近寄りがたい人を見たと思った。猛禽類のように鋭い眼光が、値踏みするようにオリヴィアを見下ろしている。

対応を間違えれば、鋭い爪で一瞬にして喉元を引き裂かれそうな、そんなピリピリとした空気を感じた。

「オリヴィア・アトワールです。本日はお目にかかれて光栄にございます」

できるだけ丁寧にカーテシーをすると、アベラルドの瞳が一瞬だけ柔らかく細められる。

「アトワール宰相のご息女か。彼にはとても世話になっている」

「ありがとう存じます。父に伝えます」

サイラスはアベラルドとすでに面識があるので、オリヴィアよりは気安く話をしていた。

挨拶を終えて、オリヴィアがホッとしたそのとき、アランの腕を引っ張るようにして、レネーンがこちらへ向かってきた。

（ひっ！）

オリヴィアはレネーンの姿を見た途端、危うく悲鳴を上げるところだった。

アランの言う通り、全身赤だ。ドレスも髪飾りもアクセサリーも、靴もグローブも全部。

アベラルドに対するあまりの不敬さに、オリヴィアは小さく震えながらアベラルドを見たが、彼は表情を変えずにただただレネーンを見つめていた。

（無言なのが逆に怖いわ！）

ジュールとグロリアを見ても、二人とも表情を変えず、事の成り行きを静かに見守っている。

レネーンはアベラルドにカーテシーで挨拶をしたあとで、得意げに言った。

「本日はカルツォル国の儀礼に合わせて赤で統一してみましたの」

その一言がレネーンの口から出た途端、アランが耐えられないとばかりに視線をそらし、サイラスがオリヴィアの隣で額を押さえた。

カルツォル国の儀礼に合わせて赤を纏ったということは、自分はアベラルドと同等の高貴な身分だと言っているに等しい。ジュールでさえ遠慮して赤を避けたのにそれを言ってしまうのかと、オリヴィアは顔を覆いたくなった。

アベラルドは鋭い視線をレネーンに向けたまま、口端だけを軽く上げる。

「そうか。お気遣いいただき感謝申し上げる」

到底感謝している声ではなかったが、レネーンは満足したように微笑んだ。

（王太后様はこの格好を知らなかったの？）

知っていたら絶対に止めたはずだ。ここに来るまでレネーンの姿を見なかったのだろうか？ しかし、レネーンのこの姿を見ても驚きもしないところを見ると、事前に把握していたようにも思える。

（まさか王太后様も、レネーンの言うカルツォル国の儀礼だとは思っていないわよね……？）

思っていたらグロリアも赤で統一してくるはずだ。しかし彼女は控えめな白に近いクリーム色のドレスである。ならばやはりグロリアが関知しないところでレネーンは今日の装いを決めたのだろうか。グロリアが知っていて止めないはずがないから、今日のこれはレネーンの勝手な暴走なのだろう。

「レネーン、行くぞ。ダンスをするんじゃなかったのか？」

「もちろんですわ！　それではアベラルド殿下、失礼いたします」

これ以上アベラルドの前にレネーンを出しておけないと判断したアランが、レネーンをうまくダンスホールへ誘導した。

オリヴィアもサイラスとともにアベラルドの前を辞して、会場の壁際へ移動する。

オリヴィアとサイラスの視界の先では、レネーンが赤いドレスの裾をこれでもかとひらめかせながら、迷惑そうなアラン相手にダンスを楽しんでいた。

「レネーンって、本当……ずれているよね」

サイラスが二人分のジュースを給仕から受け取りつつ言う。

サイラスからリンゴジュースをもらったオリヴィアは、それに口をつけながら、無言で小さく頷いた。

（ちょっと前までのティアナもすごかったけど、違う意味でレネーンもすごいわ）

アベラルド相手に「そちらの儀礼に合わせた」と言い放ったレネーンのあの自信はいったいどこから来るのだろう。

アベラルドは何も言わなかったが、確実にレネーンに腹を立てていた気がする。アランの言う通り、アベラルドに目をつけられないためにも、今日はレネーンに近づかないようにしたほうがいい。

（たぶん、わたしと同じことを考えている人は多そうね……）

ダンスをするレネーンとアランを遠巻きに眺めている人たちに気づいて、オリヴィアは貧乏くじを引かされたアランにひどく同情するのだった。

☆

次の日、サイラスの計らいでワットールがアトワール公爵邸にやってきた。

残念ながらサイラスは午前中の授業があるので来られないそうだが、オリヴィアがカルツォル国の情報を知りたがっているということは事前に伝えておいてくれたようだ。

サロンに案内すると、ワットールは「ご趣味がよろしいですね」と言って笑う。

アトワール家のサロンの内装は母ブロンシュがこだわりぬいているので、褒められるとオリヴィアは自分のことのように嬉しかった。とにかく客人が落ち着いて過ごせるようにと、母が細かなところまで気を配っていることを知っているからだ。

壁にかけられている絵画は心が落ち着くようにと牧歌的な風景画を選んでいるし、調度品も刺激の強い色は使わないようにしている。飾る花は香りの強すぎないものを。窓から見える庭の景色にもこだわって、ブロンシュはサロンのことだけはイザックにさえも口出しを許さなかった。

（あとでお母様にワットール様が褒めてくださったと教えてあげましょう）

きっと喜ぶだろう。

アトワール家のメイドがティーセットを用意して去っていくと、オリヴィアは、カルツォル国とは関係のない話題を振った。

用件はカルツォル国のことを聞くことだが、会話を楽しみもせずに本題に入るのは無粋だ。サロンに入ったからには会話で相手をもてなすように。そう母からいつも言われている。

お茶を飲みながらしばらく他愛ない会話を交わして、場がふんわりと和んだ頃、ワットールのほうから本題を切り出してくれた。

「サイラス殿下からオリヴィア様がカルツォル国について知りたがっているとお聞きしましたが、間違いないですかな？」

「はい」

頷くと、ワットールはモノクルを押し上げて探るような目を向けてきた。

「ぶしつけな質問になりますが……オリヴィア様、どうしてカルツォル国のことが知りたいのですか？」

「重要なことなんです。詳しい話はまだできません。でも、……国のため、です」

「国のためとはまた……、今、オリヴィア様の立場は少々危うい。下手な動きをすると危険ですよ。それはわかっていますか？」

「もちろんです」

「それでも、聞きたい、と」

「はい」

ワットールははあ、と長く息をついて、それからモノクルを外すと、レンズをゆっくりとハンカチで拭く。拭きながら、たぶん考えているのだろうなと思ったオリヴィアは、何も言わずに彼の決断を待った。

しばらくして、ワットールは困ったような笑顔を浮かべて、モノクルをかけ直す。

「わかりました。ほかならぬオリヴィア様の頼みですからな。といっても、私が知るのは少し前の情報ですが、よろしいですか?」

「はい」

「具体的に、オリヴィア様は何が知りたいのでしょう」

「なんでも、と言いたいところですが、できればアベラルド殿下や、王族の方々の情報を中心に教えていただきたいです」

「王族ですか……。そうですね……、書いたほうがわかりやすいかもしれませんね。紙とペンをお借りしても?」

オリヴィアはテイラーに頼んで紙とペンを持ってきてもらう。

テイラーは何か用があったときのためにサロンの端で待機しているが、ティアナはワットールが来ると聞いた途端、オリヴィアの部屋から出てこなくなった。かつて妃教育を受けたときに散々怒られたらしく、苦手意識があるようだ。

ワットールはテイラーが用意した紙に、簡単な家系図を描いていく。

「私が知っているのは第八王子まで。それ以下の王子については存じ上げません。あそこの王室は少々複雑で……、妃や愛妾が次々に増える上、後宮内での暗殺騒ぎは日常茶飯事で、完全に把握するのは難しいのです。こちらをご覧になられたらわかる通り、第六王子、そして第五王子と第六王子をお産みになった元王妃は毒殺されています」

「待ってください。第五王子……アベラルド殿下のお母様は元王妃様なんですか？」

「そうです。アベラルド殿下の母君は元王妃殿下で、アベラルド殿下のほかに第一王女と第六王子をお産みになりました。第六王子が一歳になる前、お二人とも毒殺されています。その後、第三王子の母君である第二妃が王妃に上がられて、王位継承順位が変わりました」

「じゃあ……もともとはアベラルド殿下が王位継承順位一位だったんですか？」

「そうです。そしてもう一つ……これは真偽のほどはわかっておりませんが、元王妃殿下を殺害したのは、第二妃だという噂もございました」

「……ほかの王子とその母君についての情報もください」

「はい。まず第一王子は第四妃のお子様です。第二王子は第八妃――こちらは、現在の王妃殿下の侍女だった方です。第四王子の母君については愛妾という以外は詳しくは存じ上げません。

第七王子も同様です。第八王子が、第三妃のお子になります」

　オリヴィアは顎に手を当てた。

「アベラルド殿下と、第三王子や王妃様の間には、なんらかの確執があると見ていいのでしょうか？」

「断言できませんが、おそらくは。それから第二王子もですかね。第二王子の母君は、王妃殿下が側妃へ推薦したはずです」

「自分の侍女を？」

「そうです。一夫多妻制の国ではままあることですね。後宮での自身の権力固めのためです」

「派閥ってことでしょうか？」

「はい。自分の味方をいかに多く持つか。それが後宮内での自分の地位の向上と、身を守ることにつながります」

　後宮での寵愛（ちょうあい）合戦というのはよく聞くが、派閥争いがあるのは知らなかった。確かに、暗殺が日常茶飯事というほど殺伐としているカルツォル国の後宮で生き残るためには、自分の味方を増やすことは必要なことかもしれない。

（となると、第三王子と第二王子に対して、アベラルド殿下はいい感情を抱いていない？

……第二王子が来る予定が第五王子に代わったのは、偶然ではない可能性があるということ？）

　ここまで殺伐としている王家ならば、兄弟の情は希薄だろう。むしろ互いに蹴落とし合いをしている可能性が高い。

(問題はアベラルド殿下にエバンス公爵家とのつながりがあるかどうか)

つながりがなければ――そして、アベラルドと確執がありそうな他の王子とエバンス公爵家につながりがあれば、彼との交渉のテーブルにつけるかもしれない。

逆に、アベラルドとエバンス公爵家につながりがあれば、アベラルドの近辺を探ることでなんらかの証拠が出てくる可能性がある。

あともう少し、情報が欲しい。

アベラルドの扱いをどうするのか、判断材料が必要だ。

ワットールが描いた家系図を睨むように見つめていたオリヴィアは、ふと、第三王子の妃の名前に目を止めた。

「………セレーナ・ドリー。ドリーって……」

「ああ、気づかれましたか？　第三王子のお妃様は、我が国のドリー子爵のご令嬢ですよ。もっとも、家族の反対を押し切って嫁がれましてね。実家とはほぼ絶縁状態のはずですが」

「ドリー子爵って……エバンス公爵家の縁者ですよね」

「ええ。現在の当主はエバンス公爵の従兄ですね。セレーナ様のお兄様です」

(つながった！)

これは偶然かもしれない。だが、国交が少ないという両国の関係を考えると、この関係を無視するほうが愚行だ。

アベラルドが第三王子にいい感情を抱いていないのならば、第三王子が関係しているエバンス公爵家とのつながりは薄いはずだ。前王妃の毒殺が本当ならば、アベラルドが第三王子の妃の実家と関係を持つはずがない。

アベラルドがエバンス公爵家に関係していないのならば、彼を味方に引き入れることができるかもしれない。

(アベラルド殿下を通してカルツォル国の動きがわかれば……ティアナに接触した男が言った『戦争』という言葉の意味がわかるはず)

どこが、どう動くつもりなのか。それがわかれば、それを防ぐために先回りすることだって可能だ。

「ワットール様、ありがとうございました！」

「お役に立てたようですね」

「それはもう！」

ワットールは微笑むと、モノクルを押し上げながら言った。

「オリヴィア様、私は――私どもは、オリヴィア様の味方です。あなたがその手で、ご自身の望む未来を切り拓かれることを、心の底から願っております」

オリヴィアはハッと目を見開いて、それからふわりと微笑み返した。

☆

帝王学の教師が部屋を去ると同時にリッツバーグが入ってきて、サイラスは教科書にしている分厚い本を本棚に片づけてから振り返った。

「お疲れのところすみません」

「それほど疲れてはいないから構わないよ」

帝王学の授業は頭を使うが、もともと多少はかじっていたので理解するのに苦労することはない。帝王学の延長で、過去の王の行動や思考パターン、それによって生み出された結果についても覚えろと教師は言うが、過去の王のことならば伝記を読み漁っているので追加で脳に叩き込む知識はほとんどないのだ。

オリヴィアほどではないが、読書家であるサイラスは膨大な知識を有している。もちろん、知識として有していても、それをうまく使う術を知らなければ意味がないので、教師から学ぶことは必要だ。けれど、アランのように、授業後に疲れ果ててぐったりしてしまうことはない。

「調査が一区切りしましたので報告書をお持ちしました。それから、王妃殿下からもお手紙を預かっています」

サイラスはリッツバーグに頼んで、彼が調べている情報をバーバラにも共有してもらっていた。時間が足りなさすぎる上に、問題が思った以上に深刻化しそうな気配があるので、「頭脳」は多いほうがいいからだ。

サイラスはリッツバーグから報告書と手紙を受け取ると、まず、百枚は超えそうな報告書から目を通していくことにした。

「僕が追加で頼んだ件は？」

「報告書の最後に入れてあります」

「ありがとう。確認するから、座って休んでいて。鉄道を使っても長距離の移動は疲れるだろう？　コリン、何か飲み物を用意してあげてくれる？　コリンも休んでいていいよ。リッツバーグも退屈だろうから話し相手でもしてあげて」

膨大な報告書を読むには時間がかかる。読み終わるまでただ待たせておくのも可哀そうだ。

サイラスが扉の前に立っているコリンに頼むと、彼は短く返事をして、ベルでメイドを呼びつけるとお茶とお茶菓子を用意させる。

（よくここまで調べられたな……）

報告書をめくりながら、サイラスはリッツバーグの調査能力に舌を巻いた。同時に、報告書に記されている内容に眉を寄せる。

報告書を最後まで読み終え、バーバラの手紙にも目を通したサイラスの顔から表情がすこんと抜け落ちて、サファイア色の瞳には氷のような冷気が宿った。

「よくこれだけの情報を集められたね。助かったよ、ありがとうリッツバーグ。最後の三枚の書類は僕がもらうから、あとは母上からの手紙もあわせて、全部オリヴィアに渡してくれないかな？　この情報があれば、オリヴィアも動きやすくなると思うからね。それから、母上に手紙を書くから届けてくれる？」

「わかりました。……最後の三枚は、オリヴィア様には内緒にしておくんですか？」

「うん。これは僕で処理するよ。むしろこれは、オリヴィアの思考の邪魔になるものだ」

自分でも冷ややかな声を出している自覚はあったが、サイラスはリッツバーグの顔に怯（おび）えを見ても、自分の感情をうまく制御することができなかった。

沸々（ふつふつ）と腹の底から沸き起こる怒り。

それなのに頭の中はどんどん冷えていって、自分の中で熱と冷気がとぐろを巻いている。

リッツバーグがサイラスから書類を受け取って、一礼して部屋を出ていった。

リッツバーグが出ていったあと、サイラスはもう一度手元の三枚の書類に視線を落とし、しばらく考え込んだあとで顔を上げた。

「コリン、頼みがあるんだ」

「構いませんけど、その前に鏡を見てください。すごく怖い顔になってますよ。可哀そうに、リッツバーグが怖がっていたじゃないですか」

「うん、自覚してるよ。でもちょっと今は無理かな」

「……それ、何が書いてあるんです？」

扉の前にいたコリンは、大股でサイラスのそばまでやってくると、手元の書類を覗き込んだ。

「――なんですか、これ」

「リッツバーグに追加で頼んでいた調査の結果。例のクッキーの件の、ね」

クッキー、と聞いたコリンがぐっと眉を寄せた。

ティアナがオリヴィアの部屋から持ってきた水色の箱に入っていたクッキー。

その成分分析はすでに終わっていて――ティアナの読み通り、クッキーからは毒物反応が出た。

出た毒物はヒ素。ネズミの駆除などにも利用されるから、比較的手に入りやすく、無味無臭で、だからこそ最も毒殺に利用されている毒だ。

飲み物などに含まれていた場合は、銀食器が反応するため、ヒ素の存在に気づくことができる。ヒ素を生成する際にどうしても含まれる硫黄成分が銀食器を変色させるためだ。

致死に至るまではそこそこの量が必要になるが、無味無臭であるゆえに、気づかないうちに量を摂取させることも可能で、銀食器を使わなければ気づかないうちに口にしてしまうことも充分にあり得る。

そして今回、毒が仕込まれていたのはクッキー――正確にはクッキーに挟まれていたクリームの中だった。王族は食事に毒見役が付くが、オリヴィアはまだ王族にカウントされていないので、毒見役は付かない。銀食器を使って食べるものではなく、ましてや部屋に置かれていたお菓子だ。オリヴィアの性格なら、侍女を毒見役にすることはまずなく、ティアナが気づかなければ毒の存在を知らないまま食べていた可能性が高い。

成分分析でヒ素が確認されたとき、サイラスはオリヴィアに毒を盛った相手を本気で殺してやりたいと思った。怒りで目の前が真っ赤に染まって、しばらく周囲の音すら聞こえなくなったほどだ。

「殿下」

「大丈夫だよ。これでも今は冷静なつもりだ。怒りで我を忘れて、相手を取り逃がしたら本末転倒だからね。――僕はね、コリン。この件、絶対に許すつもりはないんだよ。たとえ相手が誰であろうともね」

サイラスは机の上にあった紙に、報告書の中にある名前を書き出した。

「コリン、君が信用できる兵士に、この人間の監視をさせてくれ」

「……そちらの、もう一人は？」

「これはいい。……僕がけりをつける」

コリンは首をすくめて、それからポン、とサイラスの肩に手を置いた。

「こちらの件は引き受けます。……午後から、オリヴィア様のところに行くんでしょう？　それまでにその顔を平常運転に戻しておかないと、オリヴィア様を怖がらせてしまいますよ」

「……そうだね」

サイラスは三枚の書類を鍵のかかる引き出しの中に納めて、目をつむって天井に向かって息を吐き出した。

☆

昼過ぎになってサイラスがアトワール公爵邸にやってきた。

サイラスが来る数時間前にリッツバーグがエバンス公爵家に関する大量の調査報告書とバーバラからの手紙を持ってきて、サイラスからオリヴィアに渡すように言われたと告げた。

百枚を超える報告書すべてに目を通したオリヴィアは、今まで自分が立てていた仮説と、なかなかつながらなかった数々の問題がクリアになっていくのを感じた。

(バーバラ様からの手紙には驚かされたけど……おかげで疑問も解決したわ)

けれどももう少しつながらない部分がある。だから完全ではないけれど、報告書のおかげで事態はかなり前進した。

「報告書、すごく助かりました。ありがとうございます」

「役に立ったのならよかった」

「はい。ただ……まだわからない部分があるんです。だからアベラルド殿下とお会いしたいのですけれど、王太后様たちに気づかれずに調整可能ですか？」

「アベラルド殿下？」

オリヴィアは頷いて、今朝ワットールから聞いたカルツォル国の情報を伝える。

サイラスは難しい顔をして考え込んで、それから、「わかった」と頷いた。

「レネーンやおばあ様のことは僕に任せて。……でも、オリヴィア一人で会わせるわけにはいかないから、そうだな……明後日、兄上がアベラルド殿下と王都のコールリッジ公爵家を訪問することになっている。アベラルド殿下が、コールリッジ公爵家の事業に興味があるらしくてね、あちらから申し出があったそうだ。コールリッジ公爵に話を通して、そこで時間を取ってもらおう。彼は信用できる」

コールリッジ公爵家の事業というと、ガラス加工の技術だろうか。

コールリッジ公爵領で作られたガラス製品は国内外問わず人気が高く、フィラルーシュ国やレバノール国にも輸出している。

コールリッジ公爵家のガラスは、もともとは強度と透明度の高い一枚ガラスが有名だったが、最近ではガラス自体に色を付けたり、独自のカット技術でガラスに溝を彫って絵を描いたりして、グラスや皿、装飾品なども数多く販売していた。

技術を門外不出としているのでほかではなかなか真似できず、コールリッジの名前はそのガラス製品とともに知れ渡っている。アベラルドが知っていてもおかしくない。

ちなみに兄ロナウドは、コールリッジ公爵家とガラス製品の共同開発を狙っているらしい。相手が乗ってきそうな案はないものかと、去年くらいからずっと頭を悩ませている。下手に口を出すと巻き込まれる可能性が高いので、オリヴィアは極力その話題には触れないようにしているが、ロナウドのことだ、またオリヴィアをだしに使って何かできないかと企んでいそうな気がする。

（まあ、コールリッジ公爵にはわたしもよくしてもらっているから、もし公爵が乗り気なら協力しないこともないけど……）

五年前に公爵位を継いだコールリッジ公爵ルイスは二十八歳とまだ若く、武術オタクでアランと気が合うので、アランとともにオリヴィアも会う機会が多かった。当時愚者を装っていたオリヴィアにも優しくしてくれた、好青年だと記憶している。

また、ルイスはチェスの腕も国内ではトップクラスで、貴族男子の間で年に数度開かれるチェスの非公式大会では毎回優勝候補筆頭なのだとか。体を動かすことが大好きなアランが唯一室内で遊ぶゲームで好きなものがチェスで、よく指南してもらっていると聞いている。

「よろしいのでしょうか？」

「大丈夫だと思う。アベラルド殿下のほうは兄上に頼めばうまく伝えてくれるだろうし。兄上、人と仲良くなるのが得意だから……アベラルド殿下ともすっかり打ち解けているんだよね」

（そういえば、アラン殿下って昔からそうよね）

良くも悪くも裏表がなく、腹芸(はらげい)ができなくて感情が顔に出やすいからだろうか、アランは同性の友人が多いほうだ。特に趣味の合う相手にはすぐに懐(なつ)くから、相手も悪い気はしないのだろう。あっちこっちに友人を作るせいで、婚約関係にあったとき、オリヴィアはあちこちのパーティーに連れていかれて大変だったが。

「そういうことでしたらお願いしたいです」

「わかった。無茶はしないでね。兄上は仲良くなったみたいだけど、アベラルド殿下の本質はまだよくわからないから。人の裏を読むのが苦手な兄上の人物評価なんてあてにならないからね。用心するに越したことはない」

「はい。ただ、交渉材料が手に入りましたから、悪い展開にはならないと思います」

「リッツバーグって本当に、暗躍系は得意だよね」

「ええ、まさかこんなものまで入手できるとは思いませんでした」

リッツバーグがくれた調査報告書の中から一枚抜き取って、オリヴィアは微苦笑を浮かべた。

◆七　違和感

「殿下。殿下の読み通り、動いたみたいですよ」

チェス盤を睨んでいたサイラスは、コリンの声に顔を上げた。

久しぶりに棚から出したチェス盤の上には、母バーバラがオリヴィアに宛てた手紙の通りに駒が配置されている。

サイラスは駒を数手進めて、立ち上がった。

「行こうか」

「……相手のキング、討ち取らないんですか？」

コリンがちらりとチェス盤の上に視線を落として訊ねる。

サイラスは白のキングと、それを狙える位置に動かすことが可能な黒のナイトを見て、薄く笑った。

「この方法でキングを取れなくはないけど、この勝負は僕が取ったんじゃ意味がない。僕はただ、いらない駒を排除して、オリヴィアがキングを狙えるようにサポートするだけだよ。それに、今回はただキングを落とせばいいってものでもないだろう？　今回は全部の駒を取る。そうしなければ火種を残すことになるからね。そして、それをするのは僕ではなく、オリヴィアだ。だから僕はチェックメイトしない。——でも」

サイラスは無造作に黒のナイトに手を伸ばすと、白のナイトをコツンと叩いて転倒させた。

「ルールを無視して僕の可愛いキングを狙った小賢しいナイトは僕が討ち取る。これだけは、譲らない」

☆

王都のコールリッジ公爵邸は、アトワール公爵邸から馬車で五分ほどの距離にある。

約束の時間丁度に馬車を降りたオリヴィアを出迎えたのは、当主であるコールリッジ公爵ルイスだった。武術をたしなむルイスは短めの金髪の体格のいい男性で、背も高いので遠目からでもよくわかる。どうやらわざわざオリヴィアの到着を待っていてくれたらしい。

だが、ルイスがここにいるということは、彼はアベラルドを放置しているということでもある。アベラルドはルイスに用があったのに、いいのだろうか。

時間を取ってくれたことについて礼を言いつつ心配の表情を浮かべると、それに気づいたルイスが苦笑した。

「アベラルド殿下なら、アラン殿下とのチェスの勝負に夢中になっているよ」

「もしかして、お待たせしてしまいましたか？」

オリヴィアが来るのが遅くて二人は退屈してしまったのだろうかと不安になったが、ルイスは赤茶色の瞳を穏やかに細めて首を横に振った。

「違うよ。簡単に言うと、ガラス製品の輸出についてもめているんだ」

「それでチェスを？」

「そう」

ルイスがおかしそうにくすくすと笑った。

「アベラルド殿下は我がコールリッジ家のガラス製品を融通してほしいと仰せでね。でもアラン殿下が条件を突きつけて、どちらが折れるかチェスで勝負ってことになったんだ」

「チェスで決めていいものなんですか？」

「国同士の貿易問題じゃないからね。アベラルド殿下が個人的に入手するルートが欲しいみたいなんだよね。妃殿下が欲しがっているからって。私は一向に構わないんだけど……アラン殿下がねえ」

「……アラン殿下はどんな条件を出したんですか？」

「これから来るオリヴィアの要求を全部飲め、だって」

(殿下!?)

しまった。アランが暴走した。

オリヴィアのことを考えての要求だろうが、さすがにそれは無茶すぎる。アベラルドの気分を害していないといいけれど。

　オリヴィアが思わず目を見開いて固まると、ルイスはオリヴィアについてきたテイラーを使用人に別室に案内するように告げてから続けた。

「ちなみに私が席を立つまではアラン殿下が優勢だったね。そろそろ勝負がつく頃じゃないかな。そんなに不安そうな顔をしなくても、険悪な雰囲気じゃないから大丈夫だよ。アベラルド殿下も面白がっているような顔をしていたし。あの方、顔は怖いけどユニークな方だね」

　ルイスが大丈夫だと言うから、大丈夫なのだろうか。

（アベラルド殿下がユニークな方というのは信じられないけど……）

　不安に思いながらも、チェス勝負が繰り広げられているサロンへ向かうと、ルイスが言う通り、すでに勝敗が決していた。勝者はアランだ。

「お強くなりましたね、アラン殿下」

　ルイスがチェス盤を見ながら能天気なことを言う。

「まだ母上やサイラスにはかなわないがな」

　アランとルイスがやり取りしていた横でアベラルドに挨拶をしていたオリヴィアは、内心首を傾げた。

（サイラス殿下？）

　バーバラはわかる。よくチェスをしているから。だが、オリヴィアはサイラスがチェスをしているところを見たことがない。

　オリヴィアが驚いた顔をしたからだろう、アランが駒を箱に片づけながら言った。

「知らなかったのか？　サイラスはチェスが強いぞ。母上も、十回勝負して一回勝てればいいほうだろう。ただ、あいつの戦略は姑息すぎて私は好きではないがな」

（え!?）

　あの強いバーバラが、十回に一回しか勝てない？

（すごい……）

　オリヴィアが驚愕していると、ルイスも頷いた。

「私も一度だけ勝負をしたことがありますけど、気づいたら負けてましたね。ただ、あまりお好きではないようで、理由がない限りチェスをしないようですけど。……オリヴィア、立っていないで座ったらどう？」

「し、失礼しました」

　驚きのあまり立ち尽くしてしまったオリヴィアは、ルイスに言われてアランの隣に腰を下ろした。

　アランが駒を一つ一つ布で拭きながら箱の中に丁寧に片づけていく。アランは普段は雑なほうなのだが、好きなものに対しては驚くほど几帳面だ。

「あれは強すぎるからやらないらしい。大抵の人間は勝負にすらならないからな」

「あの方、枠にとらわれない指し方をしますからね」

だから次の手がまったく読めないと言って、ルイスが肩をすくめる。

アランがチェス盤を片づけ終わったところで、メイドが新しいティーセットを運んできた。

オリヴィアはサイラスの知られざる一面をもう少し聞きたかったが、今日は雑談をしに来たのではないと自分に言い聞かせてティーセットに手を伸ばす。

アベラルドがそんなオリヴィアに面白そうな視線を向けた。

アベラルドは癖のある赤毛に黒い瞳の、なかなか迫力ある見た目をしている男性だ。ルイスやアランに劣らず体格がいいし、眼光は猛禽類のように鋭い。歓迎パーティーのときに挨拶をしたが、非常に近寄りがたい空気をまとっていた。

けれど、今日のアベラルドはそんな中にもどこか気安い雰囲気を漂わせていた。パーティーのときのようなカルツォル国の盛装ではなく、シャツにズボンというラフな格好がそう感じさせるのかもしれないが、表情もどことなく穏やかな気がする。

「俺に要求があるんだってな。勝負に負けてしまったし、アラン殿下と約束した手前、俺個人で飲める要求なら飲んでやろう」

「よ、要求なんてそんな……。ただ、お聞きしたいことと、できればご協力いただきたいことがあるだけで」

「オリヴィア、それを要求と言うんだ。せっかく勝ってやったんだから、遠慮せずにガンガンいけ」

「アラン殿下の言う通りだ。遠慮はいらん」

(……もしかして、この二人、少し性格が似てる……?)

雰囲気だけではなく、事実、今日のアベラルドは気さくだった。

「私は席を外したほうがよさそうだね」

ルイスがそう言って、サロンから出ていく。

よくわからないがどこかわくわくしている様子のアランと、楽しそうなアベラルドに横と前から挟まれて、オリヴィアは逆に話を切り出しにくいなと内心ため息だ。

(アベラルド殿下に協力してもらうためにどうやって話を持っていこうか考えてきたのに……これはもう、回りくどいことはせずに単刀直入に行ったほうが早そうね)

どこまで内情を説明していいのかも迷うが、下手に濁そうとしてもアランが暴露してしまいそうな雰囲気すらある。

それに、アベラルドは三十九歳。オリヴィアの倍以上を生きている大人相手に、小細工などしても無意味かもしれなかった。

「では……、まず、こちらからご確認いただけますか? たぶん、見ていただければわかると思います」

オリヴィアは持参してきた一枚の紙をアベラルドに差し出した。リッツバーグが調べてきた調査報告書である。

　アベラルドが報告書を見るのを緊張した面持ちで見つめていると、彼は報告書に視線を落としたまま訊ねてきた。

「これについてコメントする前に一つ。君は、エバンス公爵の味方か否か、どっちかな？」

「エバンス公爵にわたくしが推測している通りの動きがあるのならば、わたくしは絶対にエバンス公爵の味方にはなり得ません。そして、アベラルド殿下もですよね？　アベラルド殿下はエバンス公爵家の動きを阻止したいとお考えのはず。違いますか？」

「根拠は？」

「……少し前……カルツォル国の第二王子が、不慮の事故に遭われて意識不明の重体になられたという情報を持っています」

　ピクリ、とアベラルドの眉が微かに動いた。

　この情報は、リッツバーグの報告書に「真偽不明」という一言が添えられて記載されていたものだ。カルツォル国に商品を輸出しているクローレ商会の内情を探るついでに仕入れてきたものらしい。この情報が正しければ、第二王子の事故にはアベラルドが関係している可能性があった。だからカマをかけてみたが、反応を見るにこの推測は正しかったらしい。

「そしてもう一つ。招待状に書かれていた日付です。とある筋から、あの招待状は偽装されたものではないかという指摘が上がっています。文字もインクも非常に判別しにくかったそうですが、使用している紙の質が少し違うと」

この情報は、イザックが調べさせたものだ。不用意に突っ込むと外交問題に発展するので、疑惑があっても表に出さないと判断した情報らしい。父からも、この情報の取り扱いは充分に注意しろと言われていた。

(でも、ここまで出さないと、アベラルド殿下は釣られてくれない)

情報を隠したままで交渉できる相手ではない。そんな気がした。

アベラルドはオリヴィアを鋭く睨みつけたあとで、ふっと笑った。

「俺の目をまっすぐ見返した女は君が二人目だ。気に入った。いいだろう、知りたい情報があれば提供してやる。その代わり、交換条件だ」

「アベラルド殿下、それは話が違いますよ。私とのチェスに負けたんですから、オリヴィアに交換条件を突きつけるのはなしです」

アランがすかさず口を挟む。

アベラルドは考える仕草をして、それから指を一本立てた。

「ではこうしよう。おそらく君がたどり着いていないだろう情報を教えてやる。きっと役に立つと思う。これでどうだ?」

「……交換条件次第です」

「なに。簡単なことだ」

アベラルドはニヤリと笑い、そして言った。

「俺は兄を蹴落として王になる。ここに来たのはそのために邪魔な人間を排除しようと思ったからだ」

(やっぱり、第二王子の事故にはアベラルド殿下が絡んでいたのね)

だが、このことについて核心に迫るのは危険だ。気づかないふりをしてやり過ごしたほうがいい。

アベラルド殿下は続ける。

「王になったあと、俺はルノア三国との関係を改善したいと思っている」

ルノア三国とは、ブリオール国、フィラルーシュ国、レバノール国のことだ。この三国とカルツォル国の間には昔から深い溝がある。

「つまり?」

「君にはその橋渡しをしてほしい。アラン殿下は次期王妃は君だろうと言った。ブリオール国の未来の王妃が味方に付くのなら心強い」

オリヴィアが驚いてアランを見ると、彼はちょっとだけ気まずそうに視線を逸らす。

「別に……間違ってないだろう。少なくとも現状で王妃に一番ふさわしいのはお前だ。サイラスも……私より王に向いている」

「と、いうことだ。悪い話じゃないだろう?」

確かに、悪い話ではない。ブリオール国側としても、カルツォル国との関係は頭痛の種だった。だが、それはあくまでアベラルドが王になったあとの話だ。カルツォル国側のいざこざに巻き込まれるのは困る。

「……殿下が王になるお手伝いはいたしませんよ」

「構わない。君が持ってきた情報だけで、少なくとも第三王子と第二王子は失脚させられる。父上もな。あと残るのは第一王子と第四王子だが、あの二人はこちら側だ。帰国したあと、一気に玉座を奪いにいく。俺は狙った獲物は絶対に逃がさない主義だ」

「わかりました。ただ、お約束できるのはあくまでわたくし個人です。ブリオール国としてのお約束ではありません。わたくしにはその権限はございませんから。ですので、わたくしができることは限られますが……それでも構いませんか？」

「構わない。俺としてはきっかけさえ作れればそれでいいんだ。そのあとはどちらにせよ俺が各国と信頼関係を結べるかどうかの問題だ。そこまでは頼まない」

アベラルドは報告書をオリヴィアに返して、ふと真顔になった。

「では約束の情報だ。――父上の後宮に、ブリオール国の女が大勢いる。それはすべて『献上品』として連れてこられた女だ。その出所、知りたいだろう？」

☆

カツン、とヒールの音が高く響いた。

地下は防音のためのカーペットが敷かれていないので、小さな音でも、むき出しの床と壁に反響してびっくりするほど大きな音がする。

警備兵を警戒してできるだけ足音を立てないように用心していたが、どこにも兵士の姿が見えず、ちょっぴり拍子抜けだ。

普段ならば地下に続く階段の前には衛兵の姿があるのに、今日に限ってそれもいなかった。

王妃バーバラがレプシーラ侯爵領へ移動するのに大勢の兵を連れていったせいで、城の兵士の数が足りないと聞いたけれど、どうやらそれは本当のことだったらしい。

(使っていたメイドたちに監視がつけられたときは焦ったけど、あっちはそう簡単にわたくしの名前は出さないはずだもの)

人の裏切りを防止するには弱みを握るのが有効だ。そう教えてくれたのは父のラドルフ・エバンスだった。メイドたちの弱みはたくさん握っているし、それは彼女たちの家族にまで及ぶ。彼女たちは決してレネーンを裏切れない。

しかし、この地下に閉じ込められている男は別だった。

あの男は世の中で自分自身が一番大好きな人間だ。自己保身のためにはなんだって喋(しゃべ)るだろう。このままにしておくのは危険だった。

自分の手を汚すのは嫌いだが、城の中で使える人間がほかにいない。使っていた男とは少し前から連絡が途絶えているし、メイドたちには監視がつけられている。

（オリヴィア・アトワールの部屋に潜ませたクッキーに気づかれたんでしょうけど、わたくしまではたどり着けないはず。しばらくはオリヴィアの周囲の警戒が厳しくなるでしょうから、あの女を消すのはあとでいいわ。こっちが先よ）

用心深く、周囲を警戒するようにゆっくりと進み、レネーンは一つの牢の前で止まった。

最近では滅多に使われることのなくなった地下牢には、現在、一人の囚人が収容されている。

元レモーネ伯爵バンジャマン。

地下牢の壁にもたれてぼんやりと虚空を見つめていた彼は、突然の来訪者に驚き、牢の鉄格子を摑んだ。

「た、助けてくれ！　ここから出してくれ！　私はそそのかされたんだ！　オリヴィア・アトワールを殺せば娘を、娘をカルツォル国の王に嫁がせてくれると言われた！　私も妻も、カルツォル国でやり直せると言われたんだ！　私は悪くない！　悪くないんだ！　助けてくれ！　なんでも喋る！　本当だ！」

（本当、べらべら喋る男……）

レネーンとバンジャマンは直接のやり取りはないが、バンジャマンに接触させた男にたどり着かれたら背後にいるレネーンの存在にまで気づかれる。

（早々に消しておかないと、あとあと面倒なことになるわ）

レネーンは鉄格子越しにバンジャマンを見下ろして表情を緩めた。

「わかっていますわ。わたくしは、ある男性の遣いで来ましたのよ。あなたはよくやってくれたと言っていましたわ。もう少し我慢してくだされば、ここから出して差し上げることが可能だそうですわよ」

もちろんこれは嘘だが、単純なバンジャマンはあっさり信じて、ぱあっと顔を輝かせた。

「ほ、本当か!?」

「ええ。今日は差し入れを持ってきましたのよ。ここの食事は美味しくないでしょう？　だから、ケーキを持ってきましたの」

レネーンはそう言って、持参してきた籠からケーキの包みを取り出した。

鉄格子の隙間からバンジャマンに向かって差し出して、にこりと笑う。

「さあ、どうぞ」

すっかりレネーンを味方だと勘違いしたバンジャマンが、差し出したケーキに手を伸ばす。

レネーンの笑みが深くなった――その直後だった。

「コリン!!」

聞き覚えのある声が地下に響いて、レネーンの肩がびくりと震えた。

レネーンがケーキを取り落としたのと、誰かに摑みかかられたのはほぼ同時だった。

「きゃあああっ」

思わず悲鳴を上げたが、抵抗する暇もなく、地下の固くて冷たい石の床に体を叩きつけられる。

痛みに息が詰まり、涙がにじんだ。

うつぶせに押さえつけられたレネーンが首を巡らせると、レネーンの背中に伸し掛かるように、一人の男がいた。短めの黒髪の、体格のいい男。この男の顔には見覚えがあった。サイラスの護衛官のコリンだ。

(どうしてサイラス様の護衛官がここに!?)

驚愕したレネーンは、ゆっくりとこちらに近づいてくるもう一人の存在に気づいて息を呑む。

「やあ、レネーン」

わざと足音を響かせるように近づいてきたのは、レネーンが昔から大好きで大好きで仕方のない男だった。

「サイラス、殿下……?」

声がかすれる。

サイラスはレネーンのそばまで歩いてくると、鉄格子の向こうのバンジャマンに、ケーキの包みをよこすように言った。

「それ食べたらたぶん死ぬよ」

まるで世間話でもするかのような穏やかなサイラスの声に、レネーンはヒッと短い悲鳴を上げる。

バンジャマンが愕然として、震える手でサイラスにケーキの包みを差し出した。

そして、優しそうに微笑んでいるサイラスの顔を見、怯えたように牢奥まで駆けていくと、うずくまるようにして膝を抱える。

「そんなに怯えなくても、僕は彼を始末しに来たわけじゃないのにね」

「前回殿下が滅茶苦茶脅したから、すっかり怖がっているんですよ」

レネーンに伸し掛かったままのコリンがあきれ顔をする。

レネーンはいったい何がどうなっているのかわからず、混乱して取り乱した。

「は、離して！　離してください！　どうしてこんな——」

「どうして？　それは君が一番よくわかっているんじゃないかな？」

バンジャマンから回収したケーキの包みを手の上でポンポンと投げて遊びながら、サイラスが言う。

「僕が気づいていないとでも思った？　それとも、自分の計画は誰にもわかるはずがないって、勘違いしちゃったのかな。レネーン、それはね、過信って言うんだよ」

声のトーンは優しいのに、レネーンは目の前のサイラスに今までにない恐怖を感じた。

目を見開いたまま固まるレネーンのそばに膝をついたサイラスが、コリンに彼女の拘束を解かせる。

サイラスはコリンに向かって、無造作にケーキの包みを渡した。

「コリン。このケーキ、あとで成分分析にかけて。たぶんヒ素が含まれているから」

「っ」

レネーンはびくりと震えた。

サイラスは床に這いつくばったまま動けないレネーンに手を伸ばして、その手をひねり上げるようにして立たせると、背後の鉄格子にその体を押しつけた。

ガチャンと背後で鈍い音がしてレネーンが悲鳴を上げるが、サイラスは笑顔のままだ。

「さてと、レネーン。バンジャマンの口封じがしたかったんだろう？　本当、君は母上が言う通り頭でっかちのおバカさんだね。こうもあっさり誘いに引っかかってくれるとは思わなかったよ」

「な、なんのこと——」

「誤魔化そうとしても無駄だからね、レネーン。だって君は、一番やってはいけないことをやったから。泣こうがわめこうが、許してなんてあげないよ」

サイラスはレネーンの手首を摑んでいた右手を離すと、おもむろにその手をレネーンの首にかけた。

レネーンの奥歯がガチガチと鳴る。見開いた目には見る見るうちに涙が盛り上がり、声を出すこともできずに、無意識にぱくぱくと口が動く。

「どうしたのレネーン。息ができない？　おかしいな、僕は力なんて入れていないいんだけど」

サイラスは右手をレネーンの首にかけたまま、左手で自分のポケットを探った。そして取り出したクッキーをレネーンの目の前にかざす。

それは、見覚えのあるクッキーだった。

レネーンの喉の奥で悲鳴が凍りつき、全身の震えが強くなる。

「これね、オリヴィアの部屋にあったクッキーなんだ。水色の箱に入っていてね。でもオリヴィアが買ったものでも僕がプレゼントしたものでもなくてね。レネーン、これが誰からのプレゼントか、知ってる？」

「し、知らな……」

「本当に？　ちなみにね、オリヴィアが登城していなかった数日の間に、オリヴィアの部屋に出入りしたのはね、三人だけなんだ。一人は僕。残り二人は掃除のメイド。この二人のメイドを調べてみたらいろいろ面白いことがわかったんだけど、聞きたい？　それとも、そのメイド二人を父上の前に突き出して吐かせようか。一人は指の一本でも折れば簡単に吐きそうだね。もう一人も家族を目の前で痛めつけると言えば、たぶん喋るかな」

「！」

「人の弱みを握って優位に立ったつもりなのかもしれないけどね、人の口を割らせるのはそれほど難しいことじゃないんだよ。要は交渉材料の問題でね。個々に見合った手段を用いれば、大抵の人間は喋る。どうしても喋らないなら、世の中には自白剤って便利なものもあるし。本気になればいくらでも方法があるわけだ」

「じ、自白剤は……重罪人にしか、使ってはダメだと……」

「決められている？　そうだね。でも、彼女たちはオリヴィアを害そうとしたんだよ？　誰がなんと言おうと、それは僕の中では世の中で一番重い罪なんだよね。たとえ自白剤で彼女たちが壊れちゃっても、僕はどうだっていいよ」

笑顔のままでそんなことを言うサイラスが、レネーンの目にはとてつもなく恐ろしい人に映った。

（知らない……こんなサイラス殿下、知らない……）

サイラスはいつも穏やかで優しくて、まるで物語の中の王子様のような人のはずだ。

ずっとずっと好きで――、振り向いてほしくて、彼の隣にいる権利がどうしても欲しかった。

ずっと見てきた。

ずっとその背中を追いかけてきた。

それなのに、目の前にいるサイラスが、レネーンは本気で誰なのかがわからなくなった。

顔はサイラスなのに、まるで別人を見ているようだ。

「まだ白を切るならいいよ？　さっきも言ったけど、僕はオリヴィアを害する重罪人がどうなろうと知ったことじゃないし」

そう言いながら、サイラスはクッキーの包み紙を剝がす。

そしてそれを無造作にレネーンの口に近づけた。

「さあ、レネーン。クッキーだよ」

「い、いや……」

「どうして？　君、お菓子好きじゃないか。ほら、食べさせてあげるから口を開けて」

「いや……いやっ」

「じゃあ、さっきのケーキにする？　コリン、それ貸して」

サイラスが笑顔のままコリンに手を差し出すのを見て、レネーンは真っ青になって首を横に振った。

「ほら、口を開けて。自分で用意したケーキだよ？　何を恐れるのかな？」

レネーンはガクガクと震えて、何度も首を横に振る。

涙がボロボロと零れて、呼吸すらまともにできなかった。

サイラスはふと笑顔を消すと、鉄格子を摑んでレネーンにぐっと顔を近づけた。

「――ねえ、レネーン。教えてあげようか」

笑顔を消したサイラスは、まるで氷のようだった。

「僕はね、この世で一番オリヴィアが大切なんだ。僕自身よりもね。そのオリヴィアに、こんなふざけた真似をされて、僕が正気でいられると思う？　だからねレネーン、行こうか。父上の前でクッキーかケーキかのどちらかを食べさせてあげるよ。自分で用意したものなんだから、責任を持って自分で食べないとね。それとも、水に溶かして頭からかけてあげようか。水に溶かしたヒ素ってさ、肌からすごく吸収されるんだって。楽しみだね、レネーン」

「殿下、もうそのくらいで……」

「いやあああああああ————!!」

たまらず、レネーンは悲鳴を上げた。

動転して、もうわけがわからなくなる。

叫んで、力いっぱい叫んで、全身をからめとる恐怖をどうにかしてしまいたかった。

サイラスはそんなレネーンをつまらなそうに見下ろして、はあ、と吐き捨てるように息を吐いた。

☆

「やりすぎですよ殿下。どうするんですか、これ。完全にパニックになってますよ」

叫び続けるレネーンを見て、コリンがやれやれと肩をすくめた。

ヒ素入りのお菓子を食べさせるとか、水に溶かしたヒ素を浴びせるとか、少し考えれば本気でできるはずないとわかりそうなものなのに、恐怖に支配されているレネーンの脳は正常に働いていないらしい。

「仕方ないね……」

本当はもう少し脅したかったが、地下は音が反響する。じきにレネーンの悲鳴を聞きつけて人が集まってくるだろう。これではなんのために兵士たちに命じて人払いをさせたかわからない。

(まだ報復し足りないけど、まあいいや。怖がらせすぎて壊したら証言させられなくなるし)

コリンがレネーンの両腕を背中で縛り上げて、足に力の入らないレネーンを、半ば引きずるようにして歩き出す。

コリンのあとを追って、サイラスが地下から一階に続く階段の前まで来たときだった。

「何事ですか⁉」

レネーンの悲鳴が上の階まで響いたのだろう。血相を変えて階段を下りてきた相手に、サイラスはこっそり舌打ちした。

「これはおばあ様。地下に何かご用でしょうか」

にこりと笑みを貼りつけて問えば、グロリアはサイラスと、そしてコリンが捕らえている、泣きじゃくっているレネーンを見て目を見張る。

「何を……しているのですか?」

「何を？　見てわかりませんか？　これから罪人を父上の前に連行するところですけど？」

「罪人？　何を言っているの？　その子は――」

「おばあ様」

サイラスは笑顔で苛立ちを隠すのをやめて、低い声でグロリアの言葉を遮った。

ただでさえ今、感情の針が振り切れそうなほどに腹が立っているのだ。これ以上イラつかせないでほしい。

「バンジャマンを使ってオリヴィアを襲わせ、メイドにオリヴィアの部屋にヒ素入りのお菓子を届けさせて、今、バンジャマンの口を塞ぐためにヒ素入りのケーキを与えようとした。すべて未遂で終わっているからといって、何事もなかったことにはできませんよ」

「な――」

「それともあれですか？　おばあ様も共犯ですか？」

「バカなことを！」

思わずといった様子で叫んだグロリアに、サイラスは一歩近づいた。

「違うのなら結構ですよ。ただ……もし、おばあ様が何かしら関係しているというのならば、どんな手段を使ってでも、その首、僕がこの手で斬り落としますから覚悟しておいてください。それから、レネーンをかばおうとしたって無駄ですからね。――行くよ、コリン」

「――」

瞠目したまま立ち尽くすグロリアの横を、サイラスは無言で通り過ぎた。

オリヴィアに危害を加える者は、誰であろうとも容赦はしない。

（これでレネーンは退場だ）

サイラスの推測では、レネーンはグロリアともエバンス公爵とも関係のない単独行動だ。グロリアの表情を見る限り、その推測は間違っていなかったようである。

こうなった以上、グロリアがいくらかばい立てしたところで、レネーンはサイラスの婚約者候補から外れる。

（だけど、だからといって手を緩めるおばあ様じゃないことくらいはわかっているよ）

正直なところ、サイラスはグロリアの目的はレネーンをサイラスに縁付かせることだけではないと見ている。まだ何か企んでいるはずで――それがエバンス公爵と共謀していることなのか、単独であるのかは、まだはっきりとはわからない。

だがグロリアはこれで引き下がらないだろうことはわかるし、たとえレネーンが退場したところで、すでにそれで話が終わるような問題ではなくなっている。

（ぐうの音も出ないほどやり込めるといいよオリヴィア。そうすれば、冗談でも君をバカと呼ぶ人間は、きっとこの国からいなくなる）

サイラスでもチェックメイトしようと思えばできなくはないが、それではだめだ。

だから最後はオリヴィアの手で――

（君をバカにするすべての人を、黙らせてやればいい）

☆

（レネーンが捕らえられた……）

アトワール公爵邸の自室で、チェス盤を前にしてオリヴィアは考えていた。

レネーンが殺人未遂を起こして捕らえられたという報告は、オリヴィアがコールリッジ公爵邸にいたときに届けられた。

オリヴィアは驚いたが、アランは想定内だったようで、平然と紅茶を飲みながら「サイラスが動いたんだろう」と言った。

オリヴィアは知らなかったのだが、城のオリヴィアの部屋にヒ素入りのクッキーが置かれていたらしい。ティアナが持ち去った水色のお菓子の箱がそうだったという。オリヴィアは能天気にもティアナがお菓子を口実にアランに会いに行ったのかと勘違いしていたが、そうではなかったのだ。

クッキーをオリヴィアの部屋に運んだ実行犯は違う人間だが、裏で糸を引いていたのがレネーンだったのだとか。それに気づいたサイラスは、レネーンを早々にチェス盤の上から消すことに決めたらしい。

（……何かしら。引っかかる）

レネーンがグロリアやエバンス公爵と共謀しているとは思ってはいなかった。だが、グロリアの目の前で、こうもあっさり捕らえられたというのが解せない。サイラスが上手だったというのもあるだろうが——グロリアがレネーンを本気でサイラスに縁付かせたかったのなら、少なくとも婚約式を終えるまでは不用意な動きをしないように見張っておくはずだ。グロリアがレネーンを注視していたのならば、彼女の些細な行動も見逃さなかったはず。

（この違和感は何かしら）

オリヴィアの背後では、レネーンが捕縛されたと聞いたティアナがテイラーと紅茶とお菓子で祝杯をあげていた。よほど嬉しいのかティアナは高笑いをしている。

「お父様も役に立つことがあるものね！」

バンジャマンが狙われたからレネーンを現行犯で捕らえることができたわけだが、実の父が殺されかけたというのにあんまりな言いようだ。

（まあ、バンジャマンが無事で嬉しくてテンションが上がっているのもありそうだけど）

口ではもう父親などどうでもいいと言いながらも、完全に無視して切り捨てるのは難しい。まだティアナの中でバンジャマンのことは割り切れない問題のようだから、彼女が悲しむようなことにならなくてよかったと思う。

バンジャマンを使ってオリヴィアを襲わせたのがレネーンであることは、オリヴィアも少し前にわかっていた。きっかけはバーバラがよこした手紙だ。

バーバラの手紙には、ティアナに接触した監察官を装った男を捕らえたと書かれていたのだ。

手紙によるとその男は、レプシーラ侯爵領の国境警備隊の宿舎に現れたらしい。捕らえて吐かせたところ、目的はティアナを始末することだったそうだ。

バンジャマンが捕縛されたと知ったレネーンは、男にティアナの口封じを命じたらしい。

バーバラの機転で、ティアナは表向きはレプシーラ侯爵領の国境警備隊の宿舎で下働きをしていることにしていたので、ニセの情報とは知らずそこに現れたのだ。

男が証言した内容はバーバラがまとめて手紙に書いて送ってくれたが、その中にレネーンに命じられて動いていたというものがあったのである。

だからオリヴィアも、レネーンが再びオリヴィアを害そうとしてくるだろうとは予想していたが、すでに毒入りのクッキーを送りつけられていたとは知らなかった。

グロリアがこのような杜撰(ずさん)な計画を立てるとは思えないので、レネーンが単独で動いていたのは間違いないとして――、それを抜きにしても、これまでのグロリアの行動に疑問が残る。

オリヴィアは敵側の白のビショップを動かそうとして、手を止めた。

(レネーンが退場した今、駒の配置はこうなるけど……、ここの手は、悪手じゃないかしら？)

単独行動をしていてレネーンが引っ掻き回したとしても、相手の動きがおかしい。

(違うわ。ここの手だけじゃない。最初から――)

最初の一手が、そもそもおかしい。

「どうして王太后様は、レネーンをサイラス様の婚約者にしようとしたの……？」

「何わかりきったこと言ってるの？」

オリヴィアが無意識に口に出した言葉に、お菓子を食べて盛り上がっていたティアナがあきれ顔で振り返った。

「そんなのレネーンの我儘に決まってるじゃないの。あいつ、昔からサイラス殿下に付きまとってたし、諦めきれなかったんでしょ」

（レネーンの我儘？）

グロリアがレネーンの我儘を聞く理由はどこにあるのだろう。

（だって、サイラス様とレネーンを婚約させても、結局——……待って）

そうか、ここも違うのだ。

グロリアは本当に、サイラスとレネーンを婚約させたかったのだろうか。——いや、違う。

（アベラルド殿下の歓迎パーティーの日、レネーンの格好は明らかにおかしかった。王太后様がそれを止めないはずがない）

レネーンは、全身赤の装いでパーティーに出席した。

グロリアが、カルツォル国での赤の意味を知らないはずがない。

本気でサイラスの婚約者にレネーンを据えるつもりならば、絶対に止めていたはず。

（やっとわかった……この悪手の意味）

そしてたぶん、バーバラも気づいたはずだ。ならば、リッツバーグからの報告書を受け取ったバーバラが次にすることは――

「テイラー、お父様は？」

「書斎にいらっしゃるかと」

「ありがとう」

オリヴィアはチェスの駒を動かし、立ち上がる。

（チェックメイト）

◆八　貴族裁判

「なんてバカなことをしでかしてくれたんだ！」

ラドルフ・エバンス公爵は、ダン！と拳をダイニングテーブルに叩きつけた。

王都にある広大なエバンス公爵邸のダイニングには、ラドルフのほかに彼の妻と、叔母の王太后グロリアの姿がある。

ダイニングテーブルの上には、一通の封書が置かれていた。招集命令と書かれた封書は、およそ二百五十年ぶりに開かれる貴族裁判に、ラドルフを被告として招集するためのものだ。

貴族裁判――ブリオール国においてそれは、八家ある公爵家の当主を裁くときに開かれるものだ。

ブリオール国の法律では、貴族の犯した罪は議会の判断の下、王が最終決定を下す。

しかしそれが公爵家となると話は別だ。

無闇に公爵を罪に問えば国が荒れる。

国内に広大な領地を持ち、その領地の中にも大勢の領民を抱える公爵家は、言い換えるならばブリオール国内に存在する小国の王のような立場である。

また、多かれ少なかれ王家の血を引く公爵家の当主は、王位継承権も持っている。

公爵たちが持つ権力は侯爵家以下の当主が持つ権力とは桁違いで、ゆえに王といえども下手に手出しはできない。

とはいえ、何をしても無罪放免にしていては、それはもう国ではなく無法地帯だ。それを阻止すべく生まれたのが、貴族裁判制度である。

貴族裁判への出席者は、被告である公爵と、ほかの七人の公爵。国王、王妃、王子、宰相、大臣たちと決まっている。

判事は法務大臣が務め、傍聴席には、多くの貴族が詰めかける。

今回の裁判は、王妃は実家のレプシーラ侯爵領にいるので、王妃の代わりにグロリアが参加するらしい。

「叔母上！　どうしてレネーンを監視しておかなかったんですか！　アトワールの娘の殺害未遂など……愚かな！」

ラドルフが唾を飛ばしながら怒鳴る。

彼の妻はおろおろとラドルフとグロリアを見つめていた。

レネーンがオリヴィア・アトワールを毒殺しようとした。それだけではない。そのために罪人であるバンジャマンの労役地からの逃亡を手助けし、そそのかし、そして失敗した彼の息の根も止めようとした。

証拠まですべて提出されていて、レネーン本人も自供したという。

(狙ったのがよりにもよってアトワール家の娘とは……!)

娘が毒殺されかけたことを知ったアトワール公爵はもちろん激怒している。今回の貴族裁判は、アトワール公爵家が王に詰め寄り開かれることになった。

これではいかにグロリアといえど握り潰すことはできない。

ラドルフにはレネーンの罪に対する連帯責任と、レネーンの一連の行動にも関係していたのではないかという疑惑がかけられているらしい。

(貴族裁判で公爵が有罪になったことは一度もない。罪には問われないだろうが……このタイミングで下手に注目は浴びたくなかった)

あともう少しなのだ。それこそ十年以上前から着々と進めてきたラドルフの計画。余計な騒ぎを起こされて、その計画までパアになってはたまったものではない。

「そもそもどうしてレネーンをサイラス殿下の婚約者候補に推挙したんですか!」

「レネーンが望んだからですよ」

「勝手なことを!」

すべて計画通りにいけば、カルツォル国の第三王子の次男をレネーンの婿に迎えるつもりだった。レネーンがサイラスに熱を上げていることは知っていたが、そのうち諦めるだろうと思っていたし、何よりオリヴィアしか見えていないサイラスがレネーンに興味を示すはずもない。

自分の娘と折り合いの悪かったグロリアは、その代わりのようにレネーンを孫娘のように可愛がっていたが、だからといって、王子との婚約はおもちゃを買い与えるのとはわけが違うのだ。

それに、万が一レネーンが本当にサイラスと婚約でもしていたら、ラドルフの計画に支障が出る。

(そう考えると、逆にレネーンが捕らえられたのはよかったかもしれないな)

これ以上、何も知らない娘に引っ掻き回されたくない。

「叔母上、貴族裁判で有罪になることはないと思いますが、もしものときは頼みますよ」

ラドルフが息を吐き出しながら言うと、グロリアは何も返さず、ただ艶然と微笑んだ。

☆

(ふう……緊張してきた)

貴族裁判は、城にある専用の部屋で開かれる。

貴族裁判のとき以外その扉が開かれることはないので、オリヴィアも今日はじめて足を踏み入れた。

入口に近いところに広い傍聴席があり、その奥には七人の公爵もしくはその代理人が座る円卓があって、円卓の中に設けられた席には被告であるエバンス公爵が座している。そのさらに奥の数段高い場所には部屋を横切るほど長い長方形の机が置かれていて、王や宰相、王子たちが座っている。

二百五十年ぶりの貴族裁判ということもあり、傍聴席には大勢の貴族が詰めかけていた。

オリヴィアは傍聴席の最前列の右端の席で、三十分ほど前にはじまった裁判の様子に注視していた。

オリヴィアが座っている席からエバンス公爵の顔は見えないが、どこにも焦りはないように思える。レネーンの行動で自分が罪に問われることはないと確信しているようだ。

中央の席に着かされているエバンス公爵を、左右から囲むように設けられた席に着いている残りの七公爵家の代表者が見つめている。

その中にはロナウドの姿もあったが、どこか退屈そうな顔をしていた。アトワール公爵であるイザックは本日、宰相として王の近くに席が設けられているので、代わりにアトワール家の代表者としてロナウドが出席しているのだ。

ロナウド以外は全員公爵本人が出席していて、ロナウドの右隣の席にはルイス・コールリッジ公爵の姿がある。

中央に座るジュールの右隣にアラン、その隣にサイラス。左隣にイザック、その隣にグロリアが座っていた。バーバラは欠席だ。

レネーンは公爵家の人間だが当主ではないので、彼女への処罰はこの裁判に左右されない。

問題はレネーンの行動の責任をエバンス公爵に取らせることができるかだが、おそらく無罪となるだろう。ここで有罪判決が出てしまえば、公爵たちは将来、自分の首を絞めることになるかもしれないからだ。自分の娘がもし何かしらの罪を犯したときに、同じように罪に問われる可能性が出るからである。

おそらくだが、過去の貴族裁判で公爵が罪に問われたことがないのは、そういうことなのだと思う。一度前例を作ると、同じ例で自分が裁かれるかもしれない。だから公爵たちは、簡単に罪を罪と認めるわけにはいかないのだ。

オリヴィアはサイラスを見上げた。

いつもの微笑はどこにもなく、彼は厳しい顔で裁判の成り行きを見守っている。

オリヴィアと目が合うと、わずかに口端を上げてくれて、オリヴィアはちょっとホッとした。

(大丈夫。サイラス様は隣にはいないけど、ちゃんとこの部屋にはいるんだから)

オリヴィアはぎゅっと拳を握った。緊張からか、手のひらにじんわりと汗をかいている。

オリヴィアの目の前では、すべての話を終えて、公爵たちが最終議決を取りはじめた。

オリヴィアの読み通り、公爵たちは全員一致で、エバンス公爵を「無罪」とした。ロナウドもである。

(いよいよだわ)

エバンス公爵が勝ち誇ったような笑みを浮かべて、席を立とうとしたとき、ジュールから待ったの声がかかった。

貴族裁判において、王が公爵たちの出した判決に異を唱えることはない。それゆえ、事前に知っていたロナウド以外の公爵たちが戸惑いの表情を浮かべてジュールを見上げた。

ジュールと目が合って、オリヴィアはゆっくりと立ち上がる。同時にジュールがよく響く声でこう告げた。

「本日は続けてもう一件の裁判を行う。被告はエバンス公爵、そなたのままだ。そのまま席に座っていろ」

「どういうことですか？」

エバンス公爵が怪訝そうな顔をしたが、ジュールが何かを言う前に、彼の隣に座っていたグロリアが返した。

「お黙りなさい。反論は許可されておりません」

グロリアの視線が、ゆっくりとオリヴィアに向く。

何を考えているのかわからないグロリアの双眸。ジュールとよく似ていると、改めて思う。

「ここからはオリヴィア・アトワール公爵令嬢も参加なさいます。オリヴィア・アトワール公爵令嬢、こちらへ」

判事である法務大臣の呼びかけに、オリヴィアはゆっくりと歩みを進めた。

それに伴い、ロナウドが立ち上がり、オリヴィアに席を譲る。ロナウドはオリヴィアの背後に立った。

「存分にやれ。家のことは気にするな」

ロナウドが小さくオリヴィアに耳打ちした。

（はい。もとよりそのつもりです）

勝つと決めた。そのために全力で行くと決めた。だから迷わない。

鋭い視線を向けてくるエバンス公爵を、オリヴィアはまっすぐに見返す。

「資料を、お配りします」

オリヴィアの発言で、ジュールとイザックを除く全員の席に資料が配られた。ジュールとイザックには事前に渡してある。

「今お配りしたのは、これからご説明するエバンス公爵の王位簒奪の計画の証拠です」

その瞬間、傍聴席からざわめきが起き、さざ波のように室内に広がった。

六人の公爵たちは食い入るように資料を見つめ、エバンス公爵がガタンと音を立てて席を立つ。

「な――」

「エバンス、発言は控えろ。そなたの反論は、オリヴィアの話が終わってから受け付ける」

ジュールの声で、エバンス公爵が悔しそうな顔をして押し黙った。

公爵たちが資料に目を通し終わるのを待って、オリヴィアは口を開く。

「資料についてご説明いたします。まず資料の一枚目をご覧ください。エバンス公爵領の過去の金銭の流れをまとめたものです。一つは孤児院、もう一つは医療機関。どちらもエバンス公爵領内にあるものです。この二つの場所に多額のお金が流れているのがご確認いただけるかと思います」

「確かに寄付としては大きいが……まとまった額を寄付することもあるだろう？」

王位簒奪という言葉に戸惑いを隠しきれない様子で、公爵の一人が言った。

オリヴィアは頷き、話を続ける。

「おっしゃる通り、これが寄付であれば、額は大きいですが、問題ではありません。ですがこれは寄付ではございません。資料の二枚目を」

パラリ、と紙をめくる音が響く。

「二枚目は、該当の医療機関の過去のお金の動きについて記したものです。特定の商会に――クローレ商会にエバンス公爵家が寄付したのと同じ額が動いています」

クローレ商会の名前を出した途端、数名の公爵の顔が強張った。オリヴィアの右隣に座っているルイスも厳しい表情を浮かべている。

「クローレ商会の主な商品は食器です。医療器具は扱っておりません。ですが、食器の購入にしては巨額すぎはしませんか？　入院患者用の特別な食器としても、おかしすぎます。そこでわたくしは、クローレ商会が裏で扱っている商品を思い出しました。王妃殿下の兄君でいらっしゃるレプシーラ侯爵家にかけられた嫌疑……ご存じですよね？」

言いながら、オリヴィアはちらりとグロリアを見た。グロリアは薄い笑みを浮かべて、黙って資料に目を落としている。

「武器か。先日、レプシーラ侯爵家と武器の売買をしていたという証拠が挙がったんだったな」

公爵の一人が言った。

「そうです。レプシーラ侯爵は多すぎる武器の購入で謀反の嫌疑がかけられています。その購入先の商会の名前が、クローレ商会です」

「だからなんだというんだ！」

エバンス公爵がたまらずといった様子で声を上げた。

だがすぐに判事から黙るように叱責されて、ぐっと口を引き結ぶ。

まるで射殺してやると言わんばかりの鋭い目つきでオリヴィアを睨みつけてくるが、オリヴィアは深呼吸をして動揺を抑えつけた。

サイラスを見れば、優しく微笑んでくれる。

（……大丈夫）

不安なときにいつも手をつないでくれるサイラスは隣にいないけれど、ちゃんと見守ってくれている。だから怖くない。

「調べさせたところ、医療機関の地下に、クローレ商会から購入したと思われる大量の武器が保管されていました」

「――それは本当かな、オリヴィア」

ルイスの問いに、オリヴィアは頷く。

「はい。それからもう一点。クローレ商会から、カルツォル国の第三王子の妃へ多額のお金が動いております。……第三王子殿下のお妃様の名前はセレーナ・ドリー様。ドリー子爵家のご令嬢です。ドリー子爵は、エバンス公爵の従兄でもいらっしゃいますね」

傍聴席の喧噪が大きくなり、反対に公爵たちは愕然とした顔で黙り込む。

「続けます。次の資料を」

誰かがごくりと唾を飲み込む音がした。

オリヴィアは一度瞑目して、心を落ち着けるように深く呼吸をする。

「……次の資料は孤児院に関する資料です」

「孤児院への寄付金にも問題が？」

「そうです」

この資料は、アベラルドから教えてもらった話をもとに調べ直させた一番新しいものだ。怪しいとは思っていたが、彼の助言がなければ真実にはたどり着けなかった。

「最初の寄付は十二年前にさかのぼります。まず、春。一度に金貨二百枚が動いています。そして冬、また二百枚。次の年の夏、二百枚。冬、二百枚。毎年、二回から三回、大きな額が動いているのが確認できると思います」

「ああ、これが何か？」

「それは次の資料をご説明してからお話しします。次をめくってください。――次は、過去十二年間の孤児の名簿です」

「名簿なんてどうするつもりだ？」

「ご説明します。まず十二年前の春、一人の孤児が名簿から外されています。名前はシェリー。女の子です。当時の年齢は十六歳。十二年前の冬にも一人。サラ、こちらも女の子で十四歳。その次の年の夏も十五歳の女の子が一人、冬も一人……。お気づきでしょうか？　エバンス公爵家から多額の寄付金が流れるごとに、一人ずつ女の子の名前がなくなっています。確認をしたところ、エバンス公爵が、多額の寄付と引き換えに年頃の女の子を買い取っているという情報を得ました」

「でたらめを言うな！」

「エバンス。黙れ。……オリヴィア、続けなさい」

ジュールが険しい表情で続きを促す。

「はい。……ここからは、証人をお呼びします」

オリヴィアが顔を上げると、アランが立ち上がり、部屋の外へ出る。ややして、アランがアベラルドを伴ってやってくると、ざわついていた傍聴席がシンと静まり返った。

アベラルドは緋色の正装の長い裾を鮮やかにさばいて、カツカツと大股でオリヴィアのそばまでやってくると、席を譲ろうとしたオリヴィアを手で制して、まっすぐにエバンス公爵を見つめる。

アベラルドの猛禽類のように鋭い眼光に射貫かれて、エバンス公爵が視線を下に落とした。視線だけではない。圧倒的な支配者の圧を感じさせる堂々とした態度に、罪に問われていない公爵たちも居心地が悪そうに視線を彷徨わせる。平然としているのはルイスと、それからオリヴィアのうしろに立っているロナウドだけだ。

（まあ、気持ちはわかるけれど。なんというかアベラルド殿下は、視線を合わせただけで人の息の根を止めそうな、独特の雰囲気があるから）

こういうのをたぶん、生まれ持った王者の風格と言うのかもしれない。基本的には穏やかでのんびりしているブリオール国と違い、殺伐としたカルツォル国の後宮で育った王子は、その身に宿す気配が違う。

「アベラルド殿下によると、毎年二名程度、カルツォル国の後宮にブリオール国の女性が愛妾として入っているとのことです。彼女たちは全員、第三王子からカルツォル国王への献上品という形で贈られているとのことでした。そうですよね、アベラルド殿下」

「ああ。第三王子が父の機嫌取りに女を差し出している。必要ならば、理由をつけて後宮から何名か連れてこさせることも可能だが？」

アベラルドは一度言葉を切って、それからジュールを見上げた。

「第三王子についての情報は数年前から集めている。その中にはエバンス公爵家とのつながりを確認できるものもある。金と女を差し出す代わりに、ブリオール国内で戦の狼煙を上げた際、手を貸すように裏取引をしていたのだろう」

「カルツォル国への婚約式の招待状の日付の細工もエバンス公爵の手によるものですよね。第三王子と共謀している第二王子と、計画の実行について話し合う時間を作るために。違いますか？」

「違う！」

エバンスが声を上げるが、今度はジュールは口を挟まなかった。いや、挟めなかった。

オリヴィアがその前に、一通の手紙を掲げて見せたからだ。

「公爵、こちらの手紙は、元レモーネ伯爵バンジャマンが娘のティアナに向けて書いたものです。こちらの手紙を、監察官の男性が運んできたそうです。ここにはティアナをカルツォル国王の側妃にする旨が書かれていますが、内容は問題ではありません。どちらにせよ、この手紙についてエバンス公爵はご存じないでしょうから。問題は、監察官の男性がティアナに言った言葉……彼はこう言ったそうです。『戦争が起こる』と」

「だからなんだ」

「その監察官――いえ、監察官を装った男性ですが、身柄を拘束させていただきました。自分のことをエバンス公爵家に雇われている兵士だと言ったようですよ。ここ数年、エバンス公爵家には大勢の傭兵が雇い入れられているそうですね。彼はその一人だと」

「でたら――」

「でたらめではありませんよ。彼の証言と、ここにある証拠をもとに、現在ある方が兵を率いてエバンス公爵領へ向かっています。傭兵のほかにも、腕が立ちそうな囚人たちも引き入れていますよね？　労役地から大勢の囚人が姿を消していることは調べがついています」

「な――」

「もう一つ。貴族裁判がはじまってすぐ、王都のエバンス公爵邸にも我がアトワール家の兵士を向かわせました。陛下はご了承済みです。――お父様」

「裁判の休憩中に報告が来た。エバンス公爵夫人を含め公爵家全員の身柄の拘束は完了したそうだ。今頃、尋問にかけられているだろう」

イザックがエバンス公爵を冷ややかに見下ろしながら告げた。

エバンス公爵が大きく目を見開く。

「まだ、言い逃れをなさいますか？　証拠の押収と、多方面からの証言が上がるまで待ってもいいですが、結果は変わらないと思いますよ」

エバンス公爵は瞳を大きく揺らしながらすがるようにグロリアを見、彼女が何も言わないとわかると、ガックリとうなだれた。

満場一致でエバンス公爵の有罪が確定し、ラドルフは捕縛され連行されていった。

公爵が有罪になったという事実は、傍聴席にいた貴族たちを困惑させ、そして興奮させ、この場を飲み込むほどの大きな喧噪を生んだ。

大臣たちが、傍聴席の彼らへ部屋から出ていくようにと叫んでいる。

傍聴席にいた貴族たちが全員いなくなると、オリヴィアはふう、と細く息を吐き出した。

その肩を、席から降りてきたサイラスがポンと叩く。

「お疲れオリヴィア」

「サイラス様……」

「頑張ったね。……手が冷たくなってる」

サイラスがそう言いながらオリヴィアの両手を握る。緊張で手先が氷のようになっていた。

サイラスの体温が心地いい。

「部屋に戻ろう。少し休みたいだろう？」

「そうしたいところですが……」

たぶん、そうはならない。

そう思いながらオリヴィアが顔を上げると、目が合ったジュールが立ち上がりつつ口を開いた。

「オリヴィア、サイラス、このあと執務室へ。アランもだ。……イザック、あとは頼む」

ジュールがそう言い残して足早に立ち去ると、そのあとを追うようにグロリアが立ち上がった。去り際、オリヴィアをちらりと見て、わずかに口端を上げる。

サイラスが肩を落として「明日にすればいいのに」と文句を言ったが、明日まで待っていたら状況が変わってしまうだろう。

（たぶんあの方は、明日には王都を去ってしまうでしょうから……）

オリヴィアは協力してくれたアベラルドに礼を言って、アランとサイラスの三人でジュールの執務室へ向かった。

ジュールの執務室には、ジュールのほかにグロリアの姿もあった。

「よくやったオリヴィア」

オリヴィアが部屋に入ると、ジュールが満足そうな顔でそう言った。

オリヴィアは微笑んで、けれども首を横に振る。

「陛下……もうお芝居はやめましょう。エバンス公爵家の動きは、はじめからご存じだったのでしょう？　――王太后様から聞いて」

オリヴィアがついと視線を動かすと、グロリアがまっすぐに見返してくる。

サイラスとアランが目を見開いて「は？」と声を裏返した。

じっと見つめ合っていると、グロリアがふっと笑う。

「どこで気づいたの？」

「はじめから何かおかしいとは思っていましたが、確信がもてたのは、レネーンが捕まったと聞いたときでしょうか。これまでのレネーンや王太后様の行動を整理するきっかけになりました」

それまでオリヴィアは、グロリアはエバンス公爵の企みに多少なりとも加担していると思っていた。

しかしエバンス公爵の企みの全貌が見えてくるにつれて、そこに少しずつ矛盾が生じていった。グロリアの行動は、必ずしもエバンス公爵のためになっているわけではなく――むしろ、結果的に邪魔をしているように思える部分がいくつもあったからだ。

それに気づいたオリヴィアは、最初から一つずつ矛盾点を洗っていくことにした。

まず矛盾の一つ目。それはグロリアが、レネーンとサイラスを縁付かせようとしたことだった。

エバンス公爵の狙いは、玉座の簒奪だ。娘をサイラスに嫁がせ、外戚として実質的権力者として君臨するのではなく、玉座そのものを狙っていたとオリヴィアは見ている。外戚として権力をほしいままにするのが目的なら、カルツォル国に協力を取りつけて戦争を起こそうとする必要はどこにもないからだ。

方法ならいくつもあるが、一番手っ取り早いのはレネーンがしようとしたように、オリヴィアを排除し、レネーンをサイラス、もしくはアランにあてがうこと。レネーンが嫁いだほうの王子を玉座につけ、かつてグロリアが王妃だった時代のように、国の中枢をエバンス公爵家の一族で固めてしまえばいい。

だが、エバンス公爵はその方法を選ばず、戦争を起こして国をひっくり返すことを選んだ。ならば、エバンス公爵の狙いは、娘を次期王に嫁がせることではなく、自身もしくは子を王位につけることだろうと推測できる。

だから、レネーンをサイラスと縁付かせても意味がないのだ。戦争を起こそうとしたくらいだから、アランやサイラスを生かしておくつもりはなかったはずだ。

けれども、グロリアはサイラスが王になることを前提に動いていた。

その裏付けは、バーバラが言ったこの言葉だ。

——ねえオリヴィア。あのババアが何を企んでいるか知ってる？　サイラスとレネーンを縁付かせて、サイラスを王位につけ、あなたをアランの婚約者に戻してサイラス達の補佐をさせるつもりなのよ。

つまりは、グロリアはサイラスを王にするつもりでいたのだ。そう考えると、レネーンをサイラスにあてがおうとしたのはグロリアの独断ということになる。エバンス公爵は自身が王になりたい。この考えに矛盾する行動を取ったグロリアは、エバンス公爵と共謀関係にはないはずだ。

けれど、グロリアは本当にレネーンをサイラスに嫁がせたかったのだろうか。

次の矛盾はこれだった。

グロリアがレネーンをサイラスに嫁がせるつもりで動いていたのならば、グロリアの行動はあまりにおかしかったのだ。

グロリアはレネーンのために城に一室用意させ、妃教育をはじめさせた。ここまではいい。

問題はこのあと。アベラルドの歓迎パーティーでの、レネーンの服装だ。

グロリアはオリヴィアの世間の評価が問題だと言った。そのグロリアが、レネーンのあの格好を許すだろうか。

カルツォル国が友好国ではないとはいえ、かの国の情報がまったくないわけではない。

赤がカルツォル国で重要視されている色であることは、ある程度は周知されている事実だ。

現にあの日のパーティーで、アクセサリーなどで赤を使っていた人間は何人か見たが、赤いドレスをまとっていたのはレネーンだけだった。しかもドレスだけではなく小物に至るまで全部赤だった。

あの格好に、眉をひそめた人も多い。

グロリアがカルツォル国の赤の意味を知らないはずがないから、知っていてレネーンの誤った解釈を放置していたことになる。

サイラスに嫁ぐ上で世間の評価が重要だというのならば、グロリアがレネーンのあの行動を止めなかったのは明らかにおかしい。だからオリヴィアは一つ仮説を立ててみた。

グロリアの目的は、レネーンをサイラスに縁付かせることではなく、もっと別の何かなのではないか、と。

そうして仮説を立てたとき、もう一つ別の違和感を見つけた。

バーバラの実家レプシーラ侯爵家にかけられた謀反の嫌疑だ。

バーバラはグロリアに嵌められたと言った。

もしグロリアの目的がオリヴィアとサイラスを別れさせて、サイラスとレネーンを縁付かせることだったならば、オリヴィアの味方をしているバーバラを城から遠ざけるという意味では悪くない手だったかもしれない。

しかしそれが目的でないとするならば、バーバラを城から追い出した理由はなんだろう。

そして、証拠として用意されたクローレ商会からの武器の購入明細書。それはロナウドが見破った通り偽装されたものだったが、グロリアならばあれほどお粗末な偽装をするはずがない。

もっと言えば、偽装に使用した商会が、クローレ商会だったのもおかしい。エバンス公爵領内に拠点を置くクローレ商会の名前を使って明らかに偽装とわかる明細書を作成すれば、オリヴィアがそのあとクローレ商会を探りはじめることは想像に難くないはずだ。

そうなると、グロリアのこの行動はわざとではないかと仮説が立つ。

わざとバーバラを城から遠ざけて、わざとオリヴィアにクローレ商会を探らせるように仕向けた。

なんのために？　――そう考えると、根底から覆った。

「はじめから、わたくしにエバンス公爵の王位簒奪計画を暴かせるつもりだったんですね。だから、わたくしを焚きつけるために、サイラス様との婚約に反対するふりをした。そして陛下もそれを知っていてわたくしに悪評を覆せとおっしゃった。違いますか？」

オリヴィアが言うと、グロリアが肩をすくめた。

「バーバラには気づかれると思っていたけれど、あなたにまで気づかれるとは思わなかったわね」

「どういうことですか、父上、おばあ様」

サイラスがじろりとジュールとグロリアを睨む。

グロリアはサイラスに微笑んで、首を横に振った。

「陛下を責めないで。わたくしが頼んだことよ」

「なぜそんな回りくどいことを？　エバンス公爵を捕らえたいのならご自分ですればよかったでしょう」

アランの問いに、グロリアは何も答えなかった。

アランの言う通り、グロリアならば、もっと簡単にエバンス公爵を貴族会議に引きずり出すことが可能だっただろう。

すべてではないにしろ、確信が持てる程度には証拠は摑んでいたはずだ。

（でも……王太后様の本当の目的は、もう一つあったから）

オリヴィアは疲れたようなグロリアの笑みを見て、静かに口を開いた。

「……一緒に罪に問われたかったから。ですよね」

これは勘だった。エバンス公爵の動きに気づいていながら、グロリアが自分で糾弾しなかった理由。

（甥やその娘——実家の公爵家が問題を起こせば、王太后様だってただではすまない。直接の罪に問われなくとも、一生離宮かどこかでの軟禁生活になる。でも……自分で身内を断罪すれば、それが酌量（しゃくりょう）の余地を生むから、差し引いて考えるとほぼ罪には問われないはず。少なくとも、一生監視下に置かれることも、自由を奪われることもないわ）

我が身が可愛いなら、自分で甥を糾弾すればよかった。それをしなかったのは、自分も巻き添えを食うことを望んでいたから。

そして、ジュールはそれを知っていて、グロリアの提案を飲んだ。

「バーバラがあなたを気に入っている理由がわかるわ。本当……この短い間に、よく気づいたこと」

グロリアは息をついて、そっと目を伏せる。

「わたくしはね、間違えたのよ」

「母上」

「いいのよ、ジュール」

陛下、ではなく名前で呼ばれたジュールが、ぎゅっと眉を寄せる。

「わたくしは、家のために先王陛下に嫁いで王妃になったわ。そして王妃になってからずっと、家の——エバンス公爵家のために行動してきた。時にはちょっと強引な手も使って、エバンス公爵家を盛り立てることだけを考えて。それが間違いだと気づいたのは、陛下に——息子に、バーバラが嫁いできてからだったわ。あの子が優先するのは国。同じように政略結婚で嫁いできたのに、わたくしとは全然考え方が違うのよ。それがまぶしくて、同時にとても苛立たしくてね。意地悪もたくさんしたわ」

グロリアは昔を思い出すような顔をして、小さく笑う。オリヴィアにはそれは自嘲に見えた。

「……でも、バーバラを見ていると、もうやめようと思えた。わたくしの時代はもう終わった。だからもう、くだらないことはやめて、バーバラに任せて去ろうと思った。でもね、わたくしが去っても、わたくしが増長させた身内は止まらなかった。わたくしがいなくなって融通が利かなくなれば、今度は国ごと手に入れようとバカなことを考えはじめたの。わたくしが止めようとしたところで、自分たちが一番正しく偉いのだと勘違いしている甥は……身内は、止まらない。だからね、刈り取ることにしたの。わたくしの過去の過ちごと、全部ね」

グロリアはそっとジュールの肩に手を置いた。

「でも、陛下やバーバラが動けば目立つでしょう？　そして誰が適任かを考えて、あなたの顔を思い出した。バーバラが認めるあなたなら、たぶんたどり着く。わたくしがあなたの敵に回ったのも、わたくしとあなたで争っていたら、甥が油断すると思ったの。甥から見れば、単純にサイラスの妃候補を巡る争いでしょ？　自分のところまで影響があるとは思わないはずだわ。それに気づけるくらいの冷静さがあれば、王位の簒奪なんてバカなことは考えなかったでしょう」

「そして王妃様も自由にした。……王妃様の実家に謀反の疑いをかけたのは、王妃様に自由に動ける環境を用意するためですよね」

「本当によく気づくわね。どうしてわかったの？」

「陛下が王妃様をかばわなかったからですよ」

オリヴィアは苦笑してジュールを見た。

ジュールはこれで、バーバラをとても愛している。そんなバーバラが、明らかに偽装とわかる証拠で実家に追いやられようとしているのに、何もせずに指をくわえて見ているような人ではない。

それなのにジュールは何もしなかった。ならばバーバラをレプシーラ侯爵領へ行かせることが目的なのだと思った。護衛と称して、大勢の騎士や兵士たちとともに行かせたこともその推測を裏付ける結果になった。いくら護衛のためでも、城の守りが手薄になるほどの兵を動かすのはおかしい。

(陛下はたぶん、王妃様がその後どう動くかも計算に入れていたはず)

長年夫婦でいるのだ。妻の行動くらい、予測がつくだろう。

アランが何かに気づいて、嫌そうに眉を寄せた。

「なあオリヴィア……まさかとは思うが、エバンス公爵家に軍を率いて向かったというのは……」

「王妃様ですよ。昨日お手紙が届きました。手紙の到着日数から逆算して、すでに公爵領は押さえていると思います。婚約式に間に合うように戻ると書いてありました」

「何を考えているんだ母上は……」

オリヴィアもまさかバーバラ自ら軍を率いて動くとは思わなかったので、アランが驚く気持ちもよくわかる。

エバンス公爵を捕らえたあとで動けば、公爵領に到着するまで時間がかかる。

その間、証拠隠滅に動かれると非常に厄介だ。

だからバーバラは、先手を打ってエバンス公爵領に乗り込むことにしたのだ。連絡を受けたときはオリヴィアも驚いたが、バーバラに任せておけば間違いは起こらない。

カルツォル国側の問題は、アベラルドがなんとかするだろう。

「利用してごめんなさいね、オリヴィア」

「いえ……」

グロリアは「利用した」と言ったが、たぶん違う。今回のグロリアの目的にはもう一つ裏があるからだ。

（わたしを巻き込んだのは、たぶん……わたしのためでもあったんだわ）

オリヴィアにまとわりつく「悪評」。時間がたてばたつほどに、評価を覆すのは難しくなる。だからこのタイミングで——サイラスとの婚約式の前に、評価をひっくり返す機会をグロリアは用意してくれたのだ。

チェス盤のすべての駒を奪って勝つ完全勝利。

（知らないところで道筋は用意されていた。……これが、ブリオール国の『王妃』。まだ全然かないそうにないわ）

バーバラはもちろんだが、グロリアにも。

「母上、本当に行くつもりですか」

それまで黙って聞いていたジュールが、少しだけ寂しそうな顔でグロリアを見た。

「ええ。今のこの国に、わたくしは必要ないもの。だからもう、王都へは戻ってこないわ」

そう答えたグロリアは、とても晴れ晴れとした笑顔だった。

◆九　未来へ

「なあティアナ、ちょっと太ったんじゃねーかー？」

「あの美人のねーちゃんとこで菓子ばっか食ってたんだろー」

「失礼ね!! 太ったんじゃないわよ!! ちょうどよくなったのよ!! もともとわたくしはこれくらいだったもの!!」

ティアナが子供たちに大声で言い返すのを、オリヴィアは少し離れたところで苦笑しつつ眺めていた。

婚約式まで三日となった本日、オリヴィアはティアナを連れて、彼女がもともといた修道院を訪れていた。

ティアナが馬車を降りるなり、わらわらと集まってきた孤児院の子供たちは、あっという間にティアナを取り囲みじゃれついている。

ティアナも口では怒っているけれど、その表情はとても穏やかだ。

すべてが終わった今、本当ならばティアナはここへ戻る予定となっていた。

ティアナの労役期間は今回の働きが考慮されて繰り上げで終了となり、晴れて自由の身になった彼女はこの修道院へ戻ることを希望していた。

けれどもバーバラとジュールの二人が、ティアナを修道院へ戻すのは危険だと判断した。それはティアナに対する不信からではなく、彼女の身の安全を考えてのことだった。

貴族会議の結果を受けて、エバンス公爵家は取り潰されることとなった。

広大なエバンス公爵領は一旦王家預かりになり、王家から指名された領主代行がしばらくその地を管理することが決まっている。

もちろん、もろもろの処理がまだ終わっていないので、しばらくはバタバタするだろうが、エバンス公爵家の問題はじきに片づくだろう。

問題は、クローレ商会だった。

今回の一件でエバンス公爵家という後ろ盾を失ったクローレ商会は、武器の闇取引を摘発されて罪に問われた。責任者以下、大勢の捕縛者が出るだろう。

しかしクローレ商会はブリオール国内だけではなく、各国に支店を置いている。ルノア三国の同盟国であるフィラルーシュ国やレバノール国ならばともかく、それ以外の国に置かれている支店まで摘発するのは不可能だった。

アベラルドが王位を得た暁にはカルツォル国内のクローレ商会は相応の罪に問うと言っていたが、クローレ商会の拠点はまだほかの国にもある。どうあっても関係者を全員捕縛するのは不可能で、これが禍根を残す結果になるのではないかとジュールとバーバラは危惧していた。

そしてこのクローレ商会の存在こそが、ティアナを修道院に戻すことができないと判断した大きな要因である。

ティアナが今回、エバンス公爵家の摘発に一役買ったことは周知の事実だ。それを理由に彼女の残りの労役期間が免除されたのだから当然である。国外にいるクローレ商会の残党がそれを知ったあとでどう動くかは判断しにくいが、エバンス公爵家が罪に問われなければクローレ商会も罪に問われなかったであろうことを考えると、逆恨み（さかうら）でティアナを害そうとしてもおかしくないという結論に至った。

そうなったときに、この修道院はあまりにも警備が手薄だ。というか、警備らしい警備もいない。修道院で暮らすのは修道女だけで、残りは孤児院の子供たち。月に二度ほど修道院と孤児院の状況の把握に国から人が派遣されるが、滞在時間はせいぜい一時間ほどだ。これではティアナの身の安全が守れない。

だからといって、修道院や孤児院に常時警備をつけるわけにもいかない。ここだけ特別扱いになってしまうからである。

ティアナも、自分のせいで子供たちが危険にさらされるのは嫌だと言って、この地へ戻ることを諦めた。

しかしこの修道院へ戻れないとなると、ティアナに行く当てはない。

ティアナの親族は彼女の引き取りを拒否しているし、たとえ受け入れられたとしても、ティアナ本人が親族の家に身を寄せるのは嫌だと言った。

ティアナは一人で生きていくことを望んだが、彼女の身の安全を考慮すると、一人で生きていくにしても、それなりの家か城での住み込みの仕事でなければならない。

そして本人の希望や周囲の判断もあり、最終的に、このままオリヴィアの侍女としてアトワール公爵家に雇われることが決定したのだ。

オリヴィアはテイラーの負担を考えて、近いうちに侍女を一人増員しようかと考えていたし、なんだかんだ言ってテイラーもティアナとはそれなりにうまくやっていたようなので問題ないだろうとオリヴィアが言ったのが、その決定を後押しする形となった。

イザックは難色を示していたが、ティアナの働きでオリヴィアが毒入りのお菓子を回避できたのは事実なので、強くは反対しなかった。

(仕事はテイラーが根気よく教えてくれるらしいし、文句を言いつつもティアナはお願いしたら動いてくれるのよね。だから大丈夫だと思うわ。……まあ、にぎやかにはなるんでしょうけど)

テイラーの心労が少し心配だが、ティアナはあれで世話焼きだし優しいところもある。

サイラスと婚約後は、本格的に結婚の準備に入るため、オリヴィアの生活拠点は城になるだろう。アトワール公爵邸へ帰ることも徐々に少なくなるだろうから、両親や使用人たちがティアナの言動に戸惑うことも減るだろうと思う。

そして、オリヴィアの侍女になるにあたって何か希望はあるかと訊ねたところ、ティアナは月に一度の孤児院の訪問をあげた。大好きなお菓子やドレスでも、のんびりとしたティータイムの時間でもなく。

（ティアナにとってここは、もう一つの家なんでしょうね）

彼女がここにいた時間は長いわけではない。それでも、ここにいる子供たちがティアナを変えたことは疑いようのない事実だし、ティアナがそんな彼らを本当の弟妹のように大切にしていることも間違いない。

ティアナを一人で孤児院へ向かわせるのは警護の面で心配だが、オリヴィアが慰問に行くという形を取ればその問題もクリアできる。

もともと福祉には力を入れていきたいと思っていたので、オリヴィアとしても孤児院への慰問は勉強になっていい。

「あんたたち、あんまり院長先生を困らすんじゃないわよ！」

「ティアナじゃねーんだから大丈夫だよ」

「なんですって!?」

目をつり上げたティアナが、オリヴィアの目の前で子供たちと追いかけっこをはじめる。

子供たちの笑い声とティアナの叫び声が青空に吸い込まれていくように響いて、オリヴィアはテイラーとともにその様子を笑って見守った。

☆

婚約式当日に着るドレスの最終チェックが終わって、オリヴィアは久しぶりに城の図書館へやってきた。

オリヴィアが明日の婚約式に着るドレスは、サファイアブルーと白を基調としたプリンセスラインのドレスだ。スカートにたっぷりとボリュームがあり、後ろが長いトレーンになっている。裾には真珠も縫いつけられていて、なかなか派手である。

ドレスに合わせて用意されたアクセサリーも、大きなサファイアを小粒のダイアモンドが取り囲むようなデザインの派手なネックレス。イヤリングは大きな真珠で、髪留めはダイアモンドがちりばめられた銀細工だった。

オリヴィアとしてはもっと控えめな装いがよかったのだが、これらは婚約式に張り切った母ブロンシュとバーバラが入念な打ち合わせをして数か月前から準備に取りかかっていたものなので文句は言えない。

オリヴィアがサイラスとの婚約を白紙に戻されまいと必死になっている間も、ブロンシュは娘を信じて準備を続けてくれていた。自分には少し派手すぎるけれど、その親心は受け取らねばならぬだろう。

実際、嬉しそうに準備を進めてくれたブロンシュの気持ちはとても嬉しいし、すごく感謝している。

（サイラス様がいないから禁書区域には入れないし……、医療分野で新しい本が入ったって聞いたからそれを読もうかしら？）

基本的にオリヴィアは読めるものならなんでも読む。医学に精通しているわけではないが、新しい医療技術や薬には興味があるし、知識を入れておけば、医療機関に視察に行ったときにより理解が深まるし、読んでおいて損はない。

医学書が納められている棚へ向かい、オリヴィアが新しい本を探していると、図書館の扉が開く微かな音がした。

誰だろうと本棚の陰から入口を見やれば、そこにいたのはサイラスで、オリヴィアは目を丸くする。

「サイラス様、授業の時間じゃ……」

「今日は休み。というか、学ぶことはほとんど学び終えたから、今後は週に二回に減ったんだよね」

さすがサイラス。あの膨大な帝王学の授業を、この短い期間にほぼ完了してしまったらしい。

「その分、コリンがもう少し体を鍛(きた)えろって言うから、剣術の授業が増えそうなんだけど……」

嫌だなあ、とサイラスが小さな声でぼやいた。

（サイラス様は体を動かすことはあまり好きじゃないものね）

アランは体を動かすことは好きだが机に向かうことが嫌いで、サイラスはその逆。つくづく正反対な兄弟だ。

そうは言っても、最低限の剣術の授業は受けていて、アランほどではないにしろ、サイラスも一兵卒程度には剣が使えるとコリンから聞いたことがある。センスは悪くないそうなのだ。ただ、好きではないから熱心に学ばないそうで、だから伸びないらしい。

特に最近は、暇さえあればオリヴィアのところにやってくるサイラスを見て、コリンは運動不足を心配しはじめたという。帝王学の授業を組み込んだせいで剣術の授業が減らされていたから、帝王学の授業が減るなら剣術の授業を戻せと言ったコリンの気持ちもわからないでもない。

オリヴィアがくすくすと笑うと、サイラスは少し拗ねた顔をしながらオリヴィアのそばまで歩いてくる。

「せっかくオリヴィアに会える時間が増えたと思ったのに、あんまりだよね」

「今度から城に泊まることも増えますし、その分、時間が取れますよ」

「そうなんだけどさ」

オリヴィアとサイラスは、一年と少しの婚約期間の後、再来年の春に結婚式を挙げることが決定した。

オリヴィアが王子妃になれば本格的に王族としての仕事がはじまるため、一年と少しの準備期間の間に、バーバラのもとで王子妃の仕事を学ぶことになっている。

といっても、オリヴィアはすでに執務を手伝っているので、バーバラから学ぶのは主に社交のあれこれだ。

これまで自らパーティーを取り仕切ったり、率先して貴族令嬢や夫人とお茶会を開いたりしてこなかったオリヴィアだが、王子妃となる以上、これまで以上に人間関係を重視しなくてはならない。

結婚までの間に、どれだけ女性社会での地盤を固められるか。これが今のオリヴィアの大きな課題だ。ただ椅子に座って微笑んでいるだけでは、人はついてこない。文官や大臣たちが相手ならば仕事で評価をもらえばいいが、女性相手だとそうはいかない。これまで積極的に社交をしてこなかったオリヴィアには、相当な頑張りが必要だ。

「それでオリヴィアはなんの本を探していたの？」

「医学書を……新しく入ったものがあると聞いたので」

「ああ、それならわかるよ」

サイラスは本棚を確かめて、すぐに一冊の本を抜き取った。

「ここに納められる前に読ませてもらったけど、免疫と病気について書かれた本で、なかなか興味深かったよ。重たいから机まで運んであげるね」

サイラスの手にあるのは、紺色の表紙の分厚い本だった。

サイラスが、自分が読もうと思った本と合わせて二冊の本を抱えて、読書用の机に運んでくれる。

椅子に座って、さっそく本を開こうとしたオリヴィアは、ふと、サイラスの手元の本を見て目を瞬いた。

（チェスの本……？）

それは、チェスのトラップについて書かれている本だった。

「気になる？」

オリヴィアがサイラスの持つ本に注意を引かれたことがわかったのか、サイラスが笑う。

「えっと……サイラス様がチェスをするところを見たことがないので」

「そうだろうね。ずっと触っていなかったし」

「でも、アラン殿下からお強いって聞きましたよ」

「んー……自分で言うのもなんだけど、まあ、そうだろうね。だからしなくなったんだけど」

サイラスは机の上に頬杖をついて苦笑した。

「チェスをすると、大抵性格が悪いって言われるんだよね。自覚はあるんだけど、相手を騙して勝つ、みたいな？　兄上は騎士道精神旺盛だから『正々堂々勝負すべきだ』とか言うんだけど、チェスっていかに相手を騙せるかを競うゲームだと思うわけで、なんでそれで責められるのかわからないし、勝ちすぎて面白くないし、だからといって手加減しても面白くないし……、うちの王家には王になる人間はチェスの腕を鍛えるべきだみたいな風習がまだ残っているんだけど、僕は王になるつもりがなかったからまあいいかなって、しなくなったんだよね」

なるほど、確かに勝って責められたのでは面白くない。オリヴィアも子供の頃、何度かアランをチェスで負かして怒らせたことがあるので、その気持ちはよくわかる。

「でもうちの王家って、ここぞという勝負ごとをするときは、現実をチェスに当てはめて考えることがよくあって……今回母上もそうしたし、君もそうしただろう？　実際のところ、冷静に現状を把握するには悪い方法ではないし。だからいつまでも敬遠していないで、僕もたまにはしようかなって思ったんだよね」

それでチェスの本か。

けれどそれで選んだのがトラップの本とは……サイラスはアランが言うところの「正々堂々」勝負するつもりはないようだ。

（でもまあサイラス様の言い分が正しいのよね。チェスっていかに相手の裏の裏をかけるかで勝負が決まるし、正々堂々なんていう騎士道精神から一番遠いゲームじゃないかしら？）

アランだって、正々堂々と言いつつも相手を罠に嵌めたりするのだから、結局一緒なのである。ただ負けて悔しいからそんなことを言っただけだろう。

「本になっているくらいだから、その本に書かれているトラップは世間で広く知られているんじゃないですか？」

「うん、だろうね。だから、相手が仕掛けてきたトラップを利用して逆に相手を嵌める方法がないかなと思って」

……ああ、アランが怒るのが少しわかった気がしてきた。

（これはなかなか勝てないわね。でもそうよね、バーバラ様もほとんど勝てないってアラン殿下が言っていたもの）

　トラップを勉強するのではなくて、トラップを逆手に取る方法を考えるなんて――サイラスはとことん相手の裏をかきたいらしい。

　アランのことだ、相手を罠に嵌めたと悦に入っていたのに、実はそれを逆手に取られたのだとわかれば、悔しくて騒ぎ出しても不思議ではない。

「サイラス様、今度わたくしとチェスの勝負をしませんか？」

「うーん……嫌われそうだから嫌だ」

「つまり勝つ自信がある、と」

「まあ、たぶん……負けないと思うよ？」

　勝負する前から勝利宣言をされてしまうと、さすがに面白くない。

「どうしたら勝負してくれますか？」

　そこまで言われるとどうしても勝負したくなって食い下がれば、サイラスが少し考えて、口端を上げた。

「オリヴィアが負けたら、僕の言うことをなんでも一つ聞くって約束してくれるなら、いいよ」

「……なんでも？」

「なんでも」

オリヴィアは考え込んだ。

サイラスはこれまで、何か賭け事をするときは、「キス一つ」とか「好きって言って」という明確な条件を出してきていた。

それがここに来て「なんでも一つ言うことを聞く」。嫌な予感しかしない。

けれども、言い出したのはオリヴィアだ。ここで引けば負けを認めた気がして少し悔しい。

「……わかりました。その勝負、乗ります！」

オリヴィアが拳を握りしめて言うと、サイラスは面白そうに目を細める。

「後悔しても知らないよ？」

――その言葉の通り、オリヴィアがサイラスに勝負を挑んだことを後悔することになったのは、翌日のことだった。

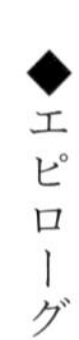

◆エピローグ

　サファイアブルーと白のドレスを身にまとい、姿見の前に立ったオリヴィアは、口から心臓が出てきそうなほどの緊張を味わっていた。

　オリヴィアの輝くプラチナブロンドは細かく編み込まれて一つにまとめられている。いつもよりも少し濃いめの化粧に、首元に輝く大粒のサファイア。そんなオリヴィアの周りをティラーが何度も何度もくるくると回りながら、支度に問題がないかをチェックしていた。

「やっぱりちょっと、派手じゃないかしら。もっとこう……空気と一体化できそうな格好がいいんだけど」

「はあ？　何言ってるの？　オリヴィア様の婚約式じゃない。主役が目立って何が悪いのよ。むしろもっと盛るべきだと思うわ」

　ティアナが姿見の中のオリヴィアを見てあきれ顔をした。

（そ、そうなんだけど、でもそうじゃないというか……！）

　オリヴィアだって、昨日の朝まではこの格好に納得していた。しかし事情が変わったのだ。とにかく目立ちたくない。無理だとわかっているがこう――オリヴィアの姿が誰にも見えなくなるような魔法の服はないだろうか。心の底から透明人間になりたい。

「それにいくら地味な格好をしようと、オリヴィア様には会場にいる全員が注目するのよ」

（ひぃ！）

ティアナのその一言で、オリヴィアの緊張が三倍くらいに膨れ上がった。

涙目になったオリヴィアに、テイラーが無情にも「お化粧が落ちますから感動しても泣かないでください」と言うし、ティアナはティアナで「オリヴィア様って意外と小心者よね」と嘆息する。

（違うの！　違うのよ！　これには訳があるの！）

オリヴィアは心の中で叫んだが、とてもではないが、二人にオリヴィアの事情を説明することはできない。

「はい、完璧です！　まだはじまるまで時間がありますし、座って休憩なさっていてください」

最終チェックを終えたテイラーがそう言って、オリヴィアに椅子を勧めた。

ここは、婚約式の会場となる、城の大広間近くの控室だ。

朝からテイラーをはじめ、大勢の手を借りて支度をして、この控室に入ったのが三十分前。

オリヴィアはドレスが皺にならないように気をつけながら椅子に座って、はあ、と息を吐き出す。

どうしよう、いくら息を吐いても、緊張は一向に消えない。

婚約式はあと四十分ほどではじまる。

（あんな賭け、しなければよかった……！）

思い出して悔やむも、もう遅い。

サイラスにチェスの勝負を挑んだ昨日。図書館での読書を終えて午後、サイラスの部屋で「負ければなんでも言うことを聞く」という約束をして彼とチェスの勝負をしたオリヴィアは――ものの見事に惨敗した。

（サイラス様、強すぎるわ。あの強さは反則よ。勝負するんじゃなかった……）

オリヴィアもチェスの腕にはそこそこ自信があった。それなのに、まったく歯が立たなかった。気がつけばまるで魔法のように鮮やかに、サイラスにチェックメイトされていた。

（でも、サイラス様のお願いはあんまりだわ！　うぅ……逃げたい）

オリヴィアが緊張で手足を冷たくしていると、コンコンと扉が叩かれる音がした。

「オリヴィア、いいかしら？」

開いた扉から入ってきたのは、バーバラだった。

バーバラは一昨日城に戻ってきた。

エバンス公爵領のほうは、公爵が捕らえられたこともあり、大きな抵抗もなく関係者の捕縛が進められているらしい。

全員を捕縛して裁くにはまだまだ時間がかかりそうだが、バーバラはオリヴィアとサイラスの婚約式があるからと、兄であるレプシーラ侯爵にあとを押しつけて王都へ戻ってきたそうだ。

レプシーラ侯爵にかけられていた謀反の嫌疑もすでに晴れていて、むしろエバンス公爵の不正の証拠を暴くのに協力したとして、近く叙勲されることになっている。

グロリアは王都から少し離れたところにある、エバンス公爵家とは関係のない場所の離宮に移った。王都にはもう二度と足を踏み入れないと宣言し、ゆえに婚約式は欠席だそうだ。ひっそりとお祝いの手紙だけ、今朝届いた。

正式決定はまだだが、エバンス公爵と公爵夫人、レネーンとその兄は処刑されることになるだろうと言ったのはサイラスだった。

バンジャマンのほうも、おそらくだが処刑になるのではないかということだったが、こちらはまだ決定ではない。ティアナの活躍もあり、処刑と終身刑とで意見が割れているためだ。そのためティアナには確定してから伝えたほうがいいだろうと言われたが、ティアナはすでにバンジャマンが処刑になることを覚悟しているようだった。

「よく似合っているわ。ロナウドも満足でしょうね」

オリヴィアのドレスの制作は母ブロンシュが主体で進められたが、商魂たくましいロナウドはこれにもしっかりと口を出したようで、デザイナーから生地、宝石類に至るまで、自分が関係している店のものを使用させた。

「先日の貴族裁判の一件もありますから、今日の式の参列者はとても多いらしいわ。大広間に入りきらなくて廊下にまで並んでいますよ」

オリヴィアはかろうじて悲鳴を飲み込んだ。

「そんなに……」

「今ではあなたはこの国を救った救世主ですもの。噂が広まるのは早いものよ」

今回の一件は、結局のところグロリアに踊らされていただけだったから、オリヴィアの手柄というわけではないと思う。バーバラにもサイラスにも助けてもらった。

（そういえば、アラン殿下にも助けられたのよね）

貴族裁判のあと、ルイス・コールリッジ公爵にこっそり教えられたのだが、アランは陰でエバンス公爵とアトワール公爵を除く六人のすべての公爵に、オリヴィアがエバンス公爵を断罪する流れになった場合、オリヴィアに賛同してほしい、と交渉してくれていたそうだ。

エバンス公爵家を敵に回したくない公爵家は多く、難色を示した公爵もいたらしいが、アランは根気よく全員を説得して回ってくれたそうだ。彼が交渉してくれていなかったら、もしかしたら貴族裁判の結果は違ったものになっていたかもしれない。

（たくさんの人に助けてもらったわ）

そして、今日の婚約式も、たくさんの人が祝ってくれている。

オリヴィアは別に、将来王妃になりたいわけではなかったし、幼い頃にアランと婚約させられてそれが既定路線だったから、用意された道を進んできただけだ。

自分で生きる道は自分で選べないと半ば諦めていて、だからどうでもよくて、アランにバカのふりをしろと言われたときも、言われるまま従った。

でも今は——王妃になりたいと、オリヴィアは本心からそう思った。

オリヴィアを助けてくれた大勢の人。今日、オリヴィアとサイラスを祝福しに駆けつけてくれた大勢の人。彼らをこの手で守れるようになりたいと、心の底から思う。

もちろん、当分は王太子を決めないというのがジュールとバーバラが話し合った結果の方針である以上、アランが本日王太子の位を返上してからは、しばらくその座は空位になる。

王太子の位を返上こそすれ、アランは王位継承権を放棄するわけではなく、そのためサイラスがこの先王太子になるという確証はない。だからもちろん、オリヴィアが王妃になることも確定事項ではないけれど。

もし、その場所に手が届いたら、オリヴィアはこの国の人たちを守るために生きてみたい。

——サイラスの、隣で。


大広間には、バーバラが言った通り大勢の人が詰めかけていた。

大広間に入りきらない人たちが廊下に溢れていて、衛兵たちがオリヴィアとサイラスの邪魔にならないように、人々を廊下の端と端に並ばせている。

サイラスと並んでゆっくりと廊下を進み、大広間の両開きの扉の前で止まる。

オリヴィアを見て、サイラスが悪戯っ子のような顔をした。

「緊張してる？」

「当たり前です」

誰のせいでこんなに緊張していると思うのだとオリヴィアは言いたい。

（サイラス様はいつもは優しいけど、たまにちょっと意地悪だわ）

そんなサイラスがオリヴィアは嫌いではないから、これまた悔しい。

「僕はとても嬉しい。これからは『僕の婚約者』って堂々と言えるから」

サイラスがそう言って微笑む。

こういう言い方はずるい。

サイラスのせいですごく緊張しているけど、オリヴィアだって今日という日が無事に迎えられてとても嬉しい。

緊張とは違う意味で心臓はドキドキしているし、照れくさいような気持ちもあるし、何より幸せだ。今日から堂々とサイラスの婚約者を名乗れるのだから。

（あの頃は、こんなに好きになるなんて思わなかったわ）

恋というものがわからなかった。

結婚相手は親に決められるものだと割り切っていたオリヴィアは、誰かを好きになって、自分の意思で相手を選ぶなんて、想像したことすらなかったから。

だからサイラスに求婚されたとき、好きだと言われたとき、本当に戸惑ったし、どうしていいのかわからなかった。

でも、一緒にいるうちに次第に惹かれていく自分がいて、気がつけば大好きになっていた。

オリヴィアは色恋沙汰に疎いから、たぶんこの先もたくさん戸惑うし、おろおろするのだろうけれど、サイラスを好きだと思う気持ちは一生変わらない気がしている。

目の前の扉が開いて、サイラスが一歩踏み出した。

サイラスにエスコートされながら、長いドレスの裾を踏まないように、一歩一歩、音楽に合わせて進んでいく。

前方の数段高い場所にはジュールとバーバラが並んで立っていて、二人とも穏やかに微笑んでいた。

イザックやブロンシュ、ロナウド、アランの姿も見える。

(ああ、どうしよう……泣きそう)

まだはじまったばかりなのに、何かが胸の奥からこみ上げてきて、早くもオリヴィアの涙腺が緩みそうになる。

テイラーから化粧が落ちるから泣くなと言われていたことを思い出して必死に我慢するが、最後まで泣かずにいられる自信がなかった。

前方まで歩いていくと、サイラスに婚約宣誓書が手渡される。

サイラスがよく通る声で宣誓書の内容を読み上げ、その後、再来年の春に結婚式を挙げる予定を発表すると、招待客から拍手が沸き起こった。

婚約式は結婚式と違い、そう長いものではないので、このあとは王の言葉があり、誓いの口づけを交わして退場し、少し時間を空けて婚約披露パーティーが開かれることになっている。

ジュールが立ち上がり、互いを信頼して支え合っていきなさいというような内容の常套句を述べると、いよいよそのときが来た。

（落ち着いて、落ち着いて、わたし）

ドクドクと激しく脈が打ち、体が熱くなってくる。

チェスに負けたらなんでも言うことを一つ聞くこと――この約束で、サイラスが提示したもの。それは、この場での誓いの口づけだった。

――オリヴィアから、キスしてほしい。

これがサイラスの要求だ。

衆人環視の中で、オリヴィアからサイラスにキス。

恥ずかしさで血が沸騰しそうだし、緊張で膝がガクガク震えるけれど、約束したのだから守らなくてはならない。

オリヴィアはすーはーすーはーと何度も呼吸をくり返して、ぐっと顔を上げた。

サイラスがにこにこ笑いながらこちらを見下ろしている。

（サイラス様、絶対楽しんでいるわ）

進行係の合図で、サイラスが身をかがめて、オリヴィアの唇に触れる一歩手前で止めた。

残りの距離は君が、とサイラスの心の声が聞こえてオリヴィアは覚悟を決める。

オリヴィアはまるで熟（う）れたリンゴのように真っ赤に顔を染めて、そっとつま先立ちになると、サイラスの唇に自分の唇を押し当てた。

わっと会場から歓声と拍手が沸き起こる。

オリヴィアが唇を離すと、サイラスがとろけるような笑みを浮かべていた。

ドキンとオリヴィアの心臓が高鳴る。

（この顔、ずるい……）

こんなふうに幸せそうに微笑まれると、オリヴィアはサイラスのお願いをなんでも叶えてあげたくなってしまう。

「サイラス・クレイモラン・ブリオール殿下、並びに、婚約者オリヴィア・アトワール公爵令嬢、ご退出です」

進行係がサイラスとオリヴィアの退場を告げ、音楽が奏（かな）でられる。

サイラスの腕に手を添えて、オリヴィアは彼とともに足を踏み出した。

彼の隣に立つことが認められた今日のこのときを、オリヴィアは生涯忘れないと思う。

サイラスが会場にいる人を見渡して、誇らしそうに言った。

「オリヴィア、君のことをバカなんて言う人間は、もう、この国には誰一人として存在しない」

あとがき

　こんにちは、狭山（さやま）ひびきです。『バカふり』三巻をお手に取っていただきありがとうございます！

　本作のＷＥＢ版を読まれていた方は「あれ？」と思われたかもしれませんね。はい、こちらは書き下ろしとなりまして、ＷＥＢの三話目とは別のお話です。時系列的にはＷＥＢの三話目の後のお話になりますが、ＷＥＢの三話目を読まれていなくても問題のない内容になっておりますのでご安心くださいませ～！

　さて、本作ですが、私の作品の中でもトップクラスに頭を使わされた作品となりました。構想は頭の中にあったんですが、どうやって組み立てればいいか、書き終わるまでまるで難解なパズルを解いているような気分でしたよ。というのも、本作、それぞれの人物が違った動きをしてくれるので（そう仕向けたのは私ですが）、それぞれが何を考えて何をしているのかを、どこまで書いてどこまで隠すか……その塩梅が私的には非常に難しかった作品です。

　そうしてなんとか出来上がった三巻ですが、本作はもう女性陣のための作品と言っても過言でないくらい女性陣が大活躍でございます。オリヴィアは当然のことながら、バーバラもティラーもティアナもみんな書いていて楽しかった！　大変だったけど、楽しかった！

　そして、それまでなんとなく「そういう」要素がありそうだな～と感じていた方もいらっしゃったとは思いますが、サイラス君のブラックな一面が表に出ちゃった作品でもありますね。ああいうね、いつもニコニコしている人はキレるとマジで怖いんですよ。その中でも特にサイラス君は大切な人がはっきりきっちりしているんでね……オリヴィアが関係したときの彼は要注意です。なんたってティアナの言うところの「〇〇（あえて伏字にしますが）」ですから。

あとがきページもそろそろ終わりに差し掛かってまいりましたので、恒例ではございますがお礼にて締めさせていただきます！

まず、硝音あや先生!!　すっごくすっごーくお忙しいのに引き続きイラストを担当くださりありがとうございました！　一、二巻に続き、素敵で可愛くて綺麗な硝音先生のイラストで三巻を彩っていただけてとっても嬉しいです!!

次に担当者様をはじめ、本作の制作にご尽力してくださった皆様、ありがとうございます！

最後に、本作をご購入くださいました読者の皆様!!　皆様のおかげで三巻を出すことができました!!　本当に本当に本当に!!　ありがとうございます!!　三巻、お楽しみいただけたら嬉しいです!!

それでは、またどこかでお逢いできることを祈りつつ。

二〇二三年十二月吉日　狭山ひびき

婚約破棄だ、発情聖女。

著 まえばる蒔乃　イラスト ウエハラ蜂

魔物討伐前線の唯一の聖女として働くモニカは、その聖女力の強さから王太子の婚約者に選ばれた。しかし彼女の力は、かけられた者が発情してしまうという厄介なオマケ付き。それを知った王太子は「発情聖女！」と罵り婚約破棄、国中に発情聖女の報が飛び交う。途方にくれるモニカに声をかけたのは、前線仲間のリチャードだった。「僕の国に来ない？　兄貴夫婦が不妊で、聖女さんが必要なんだ」……モニカはまだ気づいていない。彼が皇弟であることを。そして兄貴夫婦とはもちろん――！

ワケあって、変装して学園に潜入しています

著 林檎　イラスト 彩月つかさ

セシアは怠惰なお嬢様の替え玉として学園に通う、子爵家の下働き。無事に卒業できれば一生暮らしていけるだけの報酬が待っているとあって、学園では令嬢達のぬるいイジメをかわし、屋敷ではこき使われる生活を送っていたが、卒業直前になって報酬がゼロになる罠にハマってしまう。絶対に仕返ししてやるとセシアが息巻いていると突然「仕返しをするなら手伝うぞ」と面識もない第二王子が現れて!?　徹底抗戦を信条とするド根性ヒロインと、国のために命をかける悪童王子の、一筋縄ではいかないガチンコ恋物語！

「好きです」と伝え続けた私の365日

著 沢野いずみ　イラスト 藤村ゆかこ

「本日も大変かっこよく麗しく、私は胸がキュンキュンです。好きです！」「そうか、断る」自他ともに認める万能メイドのオフィーリアは、雇い主で女嫌いな美貌の公爵・カイル様に、めげずに愛の告白をしては秒でフラれる毎日。それだけでも幸せだったのに、なんとおしかけ婚約者を追い出すため、恋人同士のフリをすることに!?　カイル様のために私、全力を尽くします――たとえ1年間しかそばにいられなくても。秘密を抱える超ド級ポジティブメイドと素直になれない塩対応公爵の、必ず2回読みたくなるかけがえのない365日の恋物語。

URL https://pashbooks.jp/

X(Twitter) @pashbooks

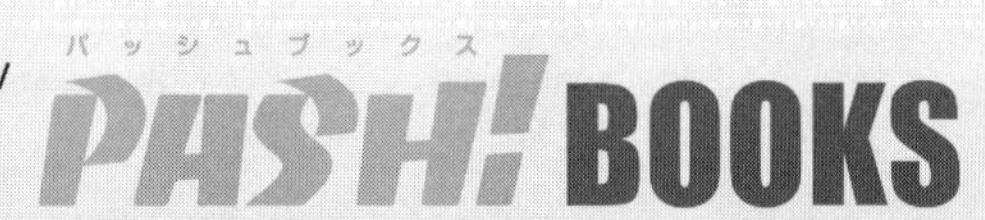

この本を読んでのご意見・ご感想・ファンレターをお待ちしております。
〈宛先〉　〒104-8357　東京都中央区京橋3-5-7
（株）主婦と生活社　PASH!ブックス編集部
「狭山ひびき先生」係
※本書は「小説家になろう」（https://syosetu.com）に掲載されていたものを、改稿のうえ書籍化したものです。
※この作品はフィクションであり、実在の人物・団体・法律・事件などとは一切関係ありません。

王太子に婚約破棄されたので、
もうバカのふりはやめようと思います3
2023年12月30日　1刷発行

著者	狭山ひびき
編集人	山口純平
発行人	倉次辰男
発行所	株式会社主婦と生活社 〒104-8357　東京都中央区京橋3-5-7 03-3563-5315（編集） 03-3563-5121（販売） 03-3563-5125（生産） ホームページ　https://www.shufu.co.jp
製版所	株式会社二葉企画
印刷所	大日本印刷株式会社
製本所	小泉製本株式会社
イラスト	硝音あや
デザイン	井上南子
編集	黒田可菜